KB275260

최재목의 인문 예술 에세이

어디에도 속하지 않을 권리

최재목

프롤로그

나는 그동안 마음 가는 대로, 인연이 닿는 대로 이런저런 글을 써 왔다. 한 마디로 살면서, 쓰면서, 살아왔다.

시간이 지나고 나니 더러 빛바래고 더러 허접해 보이는 글도 있다. 하지만 글 쓸 당시에는 나름대로 번민 속에 치열했다. 삶이 그렇듯 글도 심각한 순간순간 속에서 살아서 빛난다.

이 책에는 적어도 십여 년간 쏘다녔던 내 생각의 모습이 담겨 있다. 보기에 따라 공부는 안 하고 잡문이나 써대며 대충 놀고 있다고 생각할 수도 있겠다. 하지만 글쓰기는 세상에 대해 내 생각을 정리하고 타자들과 대화하는 한 방식이었다.

대학이라는 공간에서 가르치며 연구하는 삶이란 많은 제약 속에 배시시 열려 있는 문밖을 바라보는 삶이기도 하다. 한편은 자유롭고 한편은 답답하다. 그나마 글쓰기가 있어 행복했다. 글은 나를 지켜주고, 나를 대변해주며, 내 상처를 사랑해주었다.

이제 대학이라는 조직과 울타리를 벗어나 스스로 독립하기 위해, 그동안 써왔던 인문-예술-철학 에세이의 일부를 "어디에도 속하지 않을 권리"라는 이름으로 엮어본다. 여기에는 사회 및 정치평론은 생략하고, 주로 '인문-예술-철학'에 한정했다. 어려운 말보다 쉬운 말을 택하며, 지상의 많은 불편함과 언짢음에 어중간한 위치에서 논평하고자 했다. 그리고 누가 뭐라 평가하든, 가능한 한 어떤 특정 사유와 이념에 속하지 않고 싶어 했다. 나 양지(良知)를 믿으며, 눈치 보지 않고, '나'라는 글쟁이로 내 생각을 표현하고 싶어 했다. 나는 내 글 속에서 자유롭고, 글쓰기를 통해서 좀 넉넉하고 따스하게 살고자 했다.

하지만 삶은 그 자체로 모순적이라 생각한다. 이것을 나는 '순수한 모순'이라 표현 하고 싶다. 유한하면서도 영원을 소망하며, 순수한 듯 잡스럽고 더러우면서도 아름답다. 이런 이중적이고, 양면적인, 어딘가 대립하면서도 지금 이대로 사랑 하지 않을 수 없는 삶을 나는 사랑한다. 글쓰기도 그랬다.

보잘것 없는 책을 흔쾌히 출판해 준 도서출판 〈하얀나무〉 대표 원춘호 사진작가에게 감사드린다.

2026년 1월

돌돌재에서 **최재목** 쓰다

어디에도
속하지 않을
권리

어디에도 속하지 않을 권리

최재목

제1부 '나' 라는 자화상

지상의 슬픔을 담다
20여 년 그려온 자화상

쓰고, 그리기, "예술 – 폐허 위의 아름다운 질병"
"의료의 진정한 목적은 환자의 증상 뒤에 숨어 있는 한 인간을 이해하는 것이다."라고, 버나드 라운은 『잃어버린 치유의 본질에 대하여』(이희원 옮김, 책과함께, 2018)에서 말한 바 있다. 이 점은 예술에도 거의 해당이 된다고 본다.

쓰고, 그리고, 만들고, 찍고, 노래하는 예술의 진정한 목적은, 사실은 예술가들이 주목하는 대상의 활동, 형체, 모양, 색깔, 소리 뒤에 숨어 있는 〈'나'라는 한 인간의 그림자〉를 찾고, 이해하는 것이다. '나의 흰+그늘'을 찾고 표현하는 것이다. 이것은 '의미(意味)'이다.

늘 어디론가 향하고 있는 '마음=뜻(意)의 속살=맛(味)'이란 무엇일까. 의미는 저곳에 있지 않고, 이곳에 있다. 이곳에 있지 않고 '나'에게 있다. 아니 나에게 있지 않고, 내가 찾는 '한 인간'에게 있다. 그런데 그 인간은 어디 있는가?

결국 그 인간도 없다. 우리는 바깥세상과 함께 휙 지나가 버리고 말 존재이다. 겉으론 모든 게 멀쩡하게 보이나 사실 우리는 '시간 공간이라는 허망의 폐허' 위에 살고 있다. 이런 한 인간이 느끼는 슬픔의 그림자, 사라지고 잊힐 '욕망의 찰나'를 포착하는 것이 예술가의 과제이다.

결국 이 지상은 폐허가 되기에, 가질 수도 묶어 둘 수도 없는 지금 - 이곳을 예술가는 증거하고, 증언하려 한다.

이런 불안 속에서 예술가는 예언자처럼 작품을 통해 직관한 내면의 의미들을 '활동, 형체, 모양, 색깔, 소리'로서 선포(케리그마)하고 싶은 것이다. 그리고 그것으로부터 떠나야만 한다.

예술가들은 이런 아름다운, 그러나 무지막지하게 슬픈, 비극의 질병을 앓고 있다. '잃어버린-잃어버리고 마는-다시 올 수 없는 것-언젠가 올 듯 말 듯 한' 그 실룩거리며 떠난, 어린 시절의 옆 짝 아이 같은 '그리움을 향해' 열병을 앓고 있다.

모든 작품은 그리움의 끝 간 곳, 그 절대 혹은 절망의 꼭대기를 향한 참회이거나 고백에 불과하다. 더구나 그것은 공간과- 시간의 '잃어버린-잃어버리고 마는-다시 올 수 없는 것-언젠가 올 듯 말 듯 한' 무언가를 향한 '의심=그리움=노스털지어' 가 아닐까.

이 점에서 사진이란 예술은 특히 공간 예술로서 고전주의란 있을 수 없다. 아니 고전주의라는 야무진 꿈을 꾸면서, 개성으로서만 다가설 수 있는 '낭만주의' 의 길을 걷고 있다. 이것이 바로 낭만의 길 위에서 앓고 있는 '폐허 위의 아름다운 질병' 이 아닌가. 예술 작가들은 이런 너무 아름다운 병을 앓고 있다.

그러나 스스로의 행위에 대해서는 정작 모르고 있다. 폐허가 될 공간의 진실을 지키고자 하는, 공간의 수호자로서, 항상 자신의 희생적 예술 행위에 대해 감사해야만 한다. 왜냐하면, 예술만이 사물과 사건이 감추고 있는 '의미', 그러나 '휙 지나가 버릴 곧 폐허가 될 비밀스런 진실'을 포착하여, 대놓고 그 비의를 까발리고자 하며, '예술의 형식으로 워딩된 / 표현된 진실'과 대화하며, 세상에 뒤처진 듯 늘 앞서가고 있는 것이다.

나 최재목은 이미 법학자 박홍규 교수와 2009년 2인 전시회(영남대학교 중앙도서관)를 연 바 있다. 두 사람은 늘 함께해 왔다. 학문과 세상살이는 서로 달랐으나 함께해 온 이유가 있을 것으로 본다. 한 가지 공통점이라면 세상과 불화하며 외롭게 살아왔다는 점일 것 같다. 그래서 글을 쓰고, 글을 통해 바깥 세계와 어울리며 견뎌왔던 것 같다. 이번 전시회도 삶의 견디는 하나의 방법이라 본다.

"살아오면서 어렵고 힘든 시간을 그림으로 그리며 건너왔다. 그림은 나에게 글쓰기와 같다. 어쩌면 낙서이기도 하고 내 내면의 이야기이기도 하다. 다른 특별한 그릴 대상이 없을 때는 내 얼굴을 그렸다. 물론 그리다가 보면 영 딴판의, 다른 사람의 얼굴이 되고 마는 경우도 있다. 늘 자신의 '바깥=저쪽'으로 가는 듯했으나, 실상은 항상 내 자신의 '안쪽=이쪽'을 서성거리고, 두리번거리며, 살아왔던 것 같다. 결국은 내가 사랑했던 하나의 세계를 내 속에 지니고 있어, 다른 곳으로 떠나갔다는 듯 보이나 나는 항상 내 자신의 세계로 돌아오고 있음을 느낀다. 그래서 자화상은 이곳과 저곳의 '어중간'에 걸쳐 있는 자신의 어설픈 그림자라 할까. 이 그림자는 '나'라는 인간의 얼룩이고 때이고, 생각이며 언어였다. 인간은 하늘과 땅 사이에서 번민하며 살아야 한다. 완강히 거부할 수도, 완전히 받아들일 수도 없이, 내가 그린 나의 자화상처럼 어정쩡하게, 얄궂게, 우두커니 견뎌 나가는 것이다. 이것도 내가 나답게 살아가는 하나의 괜찮은 방법이라 생각한다."

– 「홍보의 글」 중에서

이번 전시회에서 나 최재목은 20여 년 중안 그려온 자화상을 추려서 선보인다. 시기별로 달라진 자화상은 최재목이 견딘 지상의 슬픔을 담고 있다. 지상의 슬픔이란 바로 자신을 찾아가는 방법이다. 흔들리는 자아를 시기별로 살펴보는 것은 흥미롭다. 지상에서 인간으로서 산다는 것, '인간임'을 견디는 일은 자신을 찾아, 자신을 세우고, 자신의 모습으로 나아가는 것이다.

우리는 늘 자신이 사랑했던 세계를 가슴 속에 품고 산다. 어딘가 낯선 곳으로 멀리 떠돌더라도 결국 자신의 세계에 머물러 있게 된다.

레비스트로스는 『슬픈 열대』에서 프랑스 낭만주의 문학가 샤토브리앙(1768~1848)이 쓴 『이탈리아 기행』의 다음 글을 인용하고 있다 :

"사람들은 각기 그가 보고 사랑했던 모든 것으로 구성된 하나의 세계를 자기 안에 지니고 있으며, 이질적인 세계 속에서 돌아다니는 듯 보일 때조차도 항상 자기 세계로 돌아오고 있다."

그림도 그렇다. 가까이 있으면 나로부터 멀어지고 싶다. 멀어지면 다시 나에게로 돌아오고 싶어진다. 이곳을 사랑했지만 다시 저곳을 사랑하게 되고, 저곳을 사랑했지만 다시 이곳을 사랑하게 된다. 마치 윤동주의 「자화상」처럼 말이다.

산모퉁이를 돌아 논가 외딴 우물을 홀로 찾아가선 가만히 들여다봅니다.

우물 속에는 달이 밝고 구름이 흐르고 하늘이 펼치고 파아란 바람이 불고 가을이 있습니다.

그리고 한 사나이가 있습니다.
어쩐지 그 사나이가 미워져 돌아갑니다.

돌아가다 생각하니 그 사나이가 가엾어집니다.
도로 가 들여다보니 사나이는 그대로 있습니다.

다시 그 사나이가 미워져 돌아갑니다.
돌아가다 생각하니 그 사나이가 그리워집니다.

우물 속에는 달이 밝고 구름이 흐르고 하늘이 펼치고 파아란 바람이 불고 가을이 있고 추억처럼 사나이가 있습니다.

최재목은 늘 자신의 '바깥＝저쪽' 으로 가는 듯했으나, 사실은 항상 자신의 '안쪽＝이쪽' 을 서성거리고, 두리번거리며, 살아왔다. 자화상은 이쪽과 저쪽의 '어중간' 에 걸쳐 있는 자신의 그림자이다. 이 그림자는 최재목 자신의 얼룩이고 때이며, 생각이고 언어이다. 하늘과 땅 사이에서 번민하는, 그러나 거부할 수도 완전히 받아들일 수도 없는 어정쩡한 자화상으로 최재목의 세월이 '얄궂게' '우두커니' 남아있다.

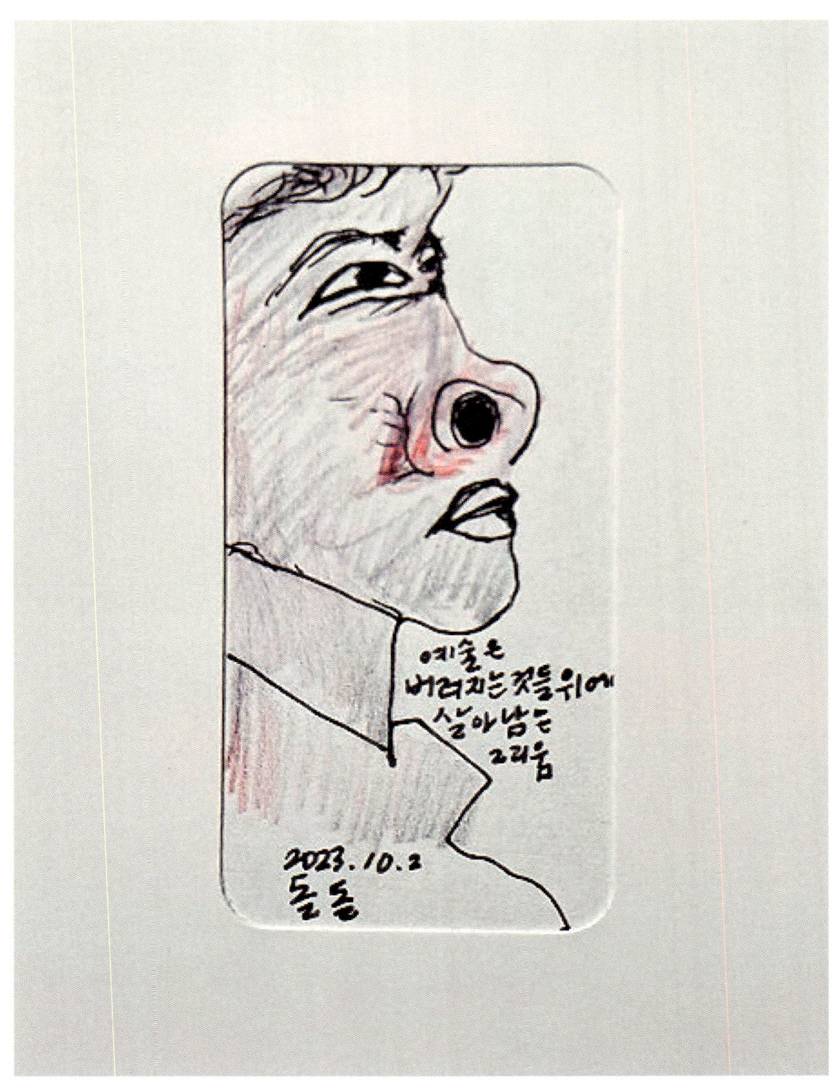

최재목 / **자화상** 2023-10

최재목 / **자화상** 2011-05

변화 속의 즉흥, 낙서

오랜 시간 동안 최재목 자신을 그린 자화상은 시기별로, 장소별로 또는 당시의 상황에 따라 늘 변화했음을 살필 수 있다. 어쩌면 나 최재목의 자화상은 스스로를 그린 것이 아니라 흘러간 시간 속의 생각과 번민을 물질화해 놓은 것이라 하겠다. 그림의 형식을 통해서 스스로를 치유하고 의미와 희망을 찾는 일이었다. 마치 나침판이 방향을 잡기 위해 항상 떨리고 있듯, 가까이 있는 재료나 도구를 통해 갈피 갈피에서 생각이 그림의 모습으로 살아난 것이다.

바람 부는 지상 위의 한 인간으로서 살아온 모습이 여기에 있다. 그래서 나 최재목의 자화상은 일부러 그리려고 그린 것이 아니라, 대부분 즉흥적으로 낙서처럼, 그때그때 그려진, 논리가 아니라 아포리즘이다.

최재목 / **자화상** 2020-03

최재목 / **자화상** 2019-07

최재목 / **자화상** 2019-07

달게 받아들임, 무의미를 견디는 힘

30여 년 철학을 가르치며, 여명이 오기를 기다리는 야간경비처럼 나루터를 묻는 나그네처럼 머뭇머뭇 서성서성 살아왔다. 이제 입은 닫고, 자꾸 뒤로 물러서며, 내 삶의 소명에 대해 깊이 생각하는 쪽을 택하고 있다. 버리고 줄일 목록 속에 당연히 내 인생도 포함시킨다.

책을 정리하다가, 고인이 된 이어령의 『생명이 자본이다』를 다시 펼쳐 보았다. 이전에 밑줄을 그어두었던 「프롤로그」 부분의 "적극적 혹은 전략적으로 받아들이는" 뜻의 '감수(甘受)'라는 말이 왠지 눈에 들어왔다. 감수란 "쓴 것을 달게 받아들임"인데, 경제인류학자 칼 폴라니의 『대전환』 끝부분에 나오는 키워드 '레지그네이션(Resignation)'을 번역한 것이다. 일반적으로 '체념'으로 번역하나 이어령은 '감수로 번역하는 쪽을 택했다.

괴롭거나 힘든 것을 달게 받아들이는 '감수'의 정신은 언젠가는 '해명될' 혹은 '만날' 무언가를 기다리는 태도이다. 어떤 사람은 현재적 지속의 연장선에서 우연히 몽상해 보는 '기대'로서, 어떤 사람은 현재 그 너머에 있는 초월적인 무언가의 필연적 도래를 믿는 '희망'으로서 기다릴 것이다. 전자는 주어진 인간적 기준 아래 '현재'에 부단한 노력을 쏟게 되고, 후자는 현실을 넘어선 초월적 의미 부여를 통해 '미래'에 깊은 신념을 갖게 될 것이다.

그러나 기대는 어긋날 수 있고, 믿음은 깨질 수 있다. 배 속에 있는 아이가 얼마나 예쁘게 태어날지는 사실 때가 돼 봐야 안다. 56억 7천만 년 뒤에 온다는 메시아로서의 미륵은 −내가 그때까지 살 수도 없기에− 오로지 그저 굳게 '믿을' 수밖에 없다. 그렇다면 달게 받아들이는 '감수'의 의미란 무엇일까? 나는 기대 속에서 살았는가, 희망 속에서 살았는가? 어느 쪽도 아니고 그저 대책도 없이, 감수했다고 본다.

그때, 그 자리에서는 잘 보이지 않는 것. 그 무엇을 알기 위해서는 반드시 그만큼의 시간적 경과, 공간적 변화를 감수해야만 한다. 공짜란 없다. "젊은 날엔 젊음을 모르고…" 처럼, '한참 시간이 지나고, 위치가 달라진 뒤에야 비로소 보이는 것'을 알기 위해 나는 허송세월을 감수한 것인가? 아니다. 그냥 뭣도 모르고 살아온 것이다. 기대도, 희망도 없이 사는 연습, 솔직히 '무의미를 견디는 연습'을 해 온 것이다.

그래서 얻은 것은 무엇인가? 모든 것이 무의미하다면, '무엇이든 하면 된다!' '그런 자유를 스스로 실천하면 된다!'는 것이다. 이 의미를 얻기까지 나는 기대도 희망도 없이, 그냥 스스로의 평범한 삶의 미덕에 충실했다. 그래도 된다는 것도 알게 되었다.

| 내 마음의 도량 가야산 해인사

80년대 초반은 혼란스러웠다. 대학 내에서는 데모가 잦았고 캠퍼스엔 경찰이 쏜 최루탄 냄새가 코를 찌르곤 했다. 이 시절의 학과 MT 장소는 보통 해인사였다. 그래서 몇 번 전세 버스를 타고 단체로 나는 그곳을 찾은 적이 있다.

봄날 가야산 자락에 접어들 때면 오래된 사찰이 있을 거라는 암시처럼 우람한 소나무, 계곡을 타고 흐르는 세찬 물줄기가 열어놓은 차창 너머에서 압도해 온다. 스무 살 청춘들의 기개를 일깨우기에 충분했다. 다소 염세적이었던 나는 떠오르는 시구절에 주목하며 친구 옆에 쪼그리고 앉아 온갖 번뇌 망상으로 멍때리고 있었다.

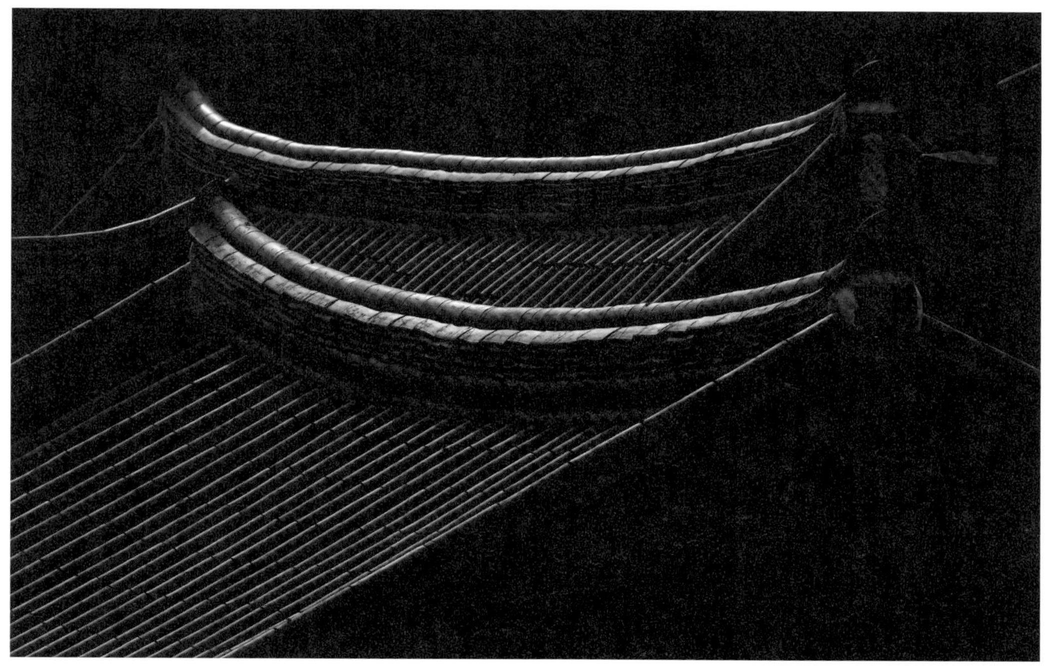

해인사ⓒ원준호

일주문을 지나 민박집 근처 주차장에다 차를 세우고 정해진 방에다 짐을 풀어놓고 놀다가, 시간을 내어 해인사의 대웅전 근처를 둘러본다. 한 번 더 계단을 오르면 팔만대장경판을 보관하는 장경판전이다. 관람을 다 마치고 내려오기 전 대적광전쯤에서 바라보는 산 아래의 풍경은 장관이다.

해인사(海印寺)는 신라 의상대사의 법손인 순응(順應), 이정(利貞) 두 스님이 신라 제40대 애장왕 3년(802) 10월 16일 왕과 왕후의 도움으로 창건되었다 한다. 해인사의 '해인(海印)'이란 『화엄경』의 '해인삼매(海印三昧)'를 줄인 말이다. 산스크리트어 '사가라 무드라 사마디(sagara-mudra-samadhi)'를 한역한 것이다. 해인삼매란 '넓고 큰 바다[海]가 고요한 때에 일체의 중생과 사물이 그 가운데 도장 찍힌 듯 비쳐 나오는 것처럼[印], 부처의 깨달은 마음속에서는 모든 것이 진실하게 드러나고 있다'는 의미이다.

그때는 이런 의미도 모르고 그냥 가야산의 아름다움, 팔만대장경, 높은 탑의 존재에만 마음이 끌렸다. 물론 이런 풍광에 이끌린 젊은 날 한 생각, 한 마음 어디인가에서 맑은 도랑물도 흐르고 시원한 바람도 불었으리라. 그런 맑은 추억이 지금도 내 마음속에 생생하다.

그렇게 또 시간이 흘러, 90년대 초반, 일본 유학을 마치자마자 나는 영남대학교 철학과에 자리를 잡았다. 여러 해 동안 젊은 학생들을 데리고 MT 차 다시 해인사를 찾았다. 아침이면 술이 덜 깬 학생들을 데리고 정신을 맑히기 위해 계곡의 물소리를 들으며 해인사로 걸어 올랐다. 해탈문을 지나 법당으로 올라서는 계단은 가파르다. 그만큼 부처님을 만나는 길은 공을 들여야만 가능하다고, 고달픈 삶의 애환을 떨쳐낸 다음에야 청정의 터에 발을 들여놓을 수 있다고, 생각했다.

해인사ⓒ원춘호

어디에도 **속**하지 않을 **권리**

내가 대학에서 살아온 세월 30여 년, 그 사이 고난도 많았다. 사람들 사이의 불협화음은 으레 있는 법이겠으나 젊은 날엔 생속으로 살았던 만큼 고달픔도 더했다.

그러던 중 2007년 가을이었다. 당시 해인승가대학의 강주 법진 스님의 요청으로 「동양철학」 강의를 맡게 되었다. 해인사 학인 스님들의 안목과 지성과 독서의 폭을 넓히려는 강주 스님의 의지에 따른 것이었다. 그래서 다시 해인사를 찾았다.

이어 2008년 봄부터 2009년 2월 말까지 해인승가대학 1학년 스님들에게 「문학연습」 과목을 담당하게 되었다. 학인 스님들에게 시, 에세이, 칼럼, 논술, 논문 등 여러 장르의 글쓰기를 연습시키려는 강주 스님의 깊은 배려가 있었다.

별다른 능력도 없었지만 나는 경험을 바탕으로 2, 30여 명의 학인 스님들을 대상으로, 새벽 그리고 아침 공양 후 혹은 오후 시간, 정해진 강의실 (가끔은 조사전)에서 글쓰기 강의를 했다. 조사전에서 강의할 적엔 선사들의 영정에서 뿜어나오는, 강렬한 눈동자의 기운에 압도당해 움찔해지기도 했다. 당시 학감이었던 석중 스님은 좋은 차 대접으로 강의에 힘을 실어주었다.

수업은 꼭 정해진 강의실에서만 이루어진 것은 아니었다. 여름에는 물소리 청정한 계곡에서, 벌레 윙윙대는 산자락에서 야외수업을 하기도 했다. 수업 틈틈이 지루함을 벗어나기 위해 판소리, 노래 등 스님들이 가진 끼와 재능을 펼칠 자리도 있었다.

「문학연습」 시간을 활용하여 동양철학 및 문화 관련 개념 이해에도 힘을 쏟는 한편 시와 에세이 작성에도 노력을 기울였다. 2009년 가을에는 1학기에 이루지 못했던 '글쓰기 모음집'을 간행할 생각을 했다. 휴가 기간에는 '지금 나에게 공부란 무엇인가?'란 주제의 에세이를 써오도록 했다. 1학년 스님들은 대부분 손 글씨로, 몇 분은 컴퓨터에서 타이핑을 해서 보냈다.

초겨울이었다. 해인사에 첫눈이 내렸다. 강의실 바깥에 휘날리는 산중의 눈발이란 참 멋스럽다. 그래서 바깥을 가리키며 '첫눈'이라는 시를 써보도록 했다. 그리고 돌아가며 자신의 시를 낭송해 보도록 했다. 소박한 심정을 잘 드러낸 작품들이 첫눈 쌓이듯 산사의 문틈으로 낭랑히 흘러나왔다. 이 가운데, '서담 스님'이 쓴 시는 이랬다.

흰 눈이 온다
긴 머리 자르고
처음으로 보는 눈

유난히 추었던 겨울
흰 눈이 오던 날
나는 세속과 인연을 끊었다

나는 흰 눈을 바라보며
다시금 추억에 잠긴다
나의 고향에도 흰 눈이 올까?

　1학년 스님들은 과제와 소임 때문에 무척 고되다. 타이핑을 할 시간이 없다. 마침 '진홍 스님'이 부족한 시간을 쪼개서 도반 스님들의 글을 전부 타이핑을 해서 보내왔다. 얼마나 고마웠던지. 이것을 다시 고치고 다듬어서 드디어 비매품의 문집(해인승가대학 1학년 스님들·최재목 엮음, 『스님, 공부가 무엇입니까?』(木耳기획, 2009))을 낼 수 있었다.

　이 문집 속에는 시와 에세이가 각 20편씩 실려있다. 지금 생각해 보면 참 아련한 일들이 한편의 그림처럼 묶여있다.

　머리가 복잡할 땐 지금도 내 책장에 꽂힌, 다갈색 표지의 문집에 실린 스님들 한 분 한 분의 글을 읽어본다. 한 생각, 한 마음마다 초심의 맑은 도랑물도 흐르고 시원한 바람도 불고 있다. '해인(海印)'의 발원이 깃들어 있다.

　"오늘도 가야산의 소나무는 그 자리에서 푸르게 변함없이 우리를 지켜 보고 있다. 나의 공부가 무르익어 많은 사람들에게 저런 큰 존재가 되었으면 한다." (원각 스님, 「지금 나에게 공부란 무엇인가」 부분)

　해인사의 모든 인연은 여전히 내 마음속에 있다. 그리고 그것은 바람처럼 물처럼 흐른다. 몸으로 가는 것 보다, 눈을 감고 마음으로 가는 절은 더 아득히 멀고도 아름답다.

내가 나답게 사는 삶
'퇴계 가서(家書)'를 읽으며 배웠던 것

코로나19 때문에 집에 갇혀있는 몇 달 동안 고 권오봉 박사의 『퇴계 가서 (家書)의 총합적 연구』 번역을 교열하게 되었다. 이 책은 일본 츠쿠바대학에서 1986년 3월 박사학위를 받은 논문을 책으로 간행한 것이다. 34년이나 전에 이루어진, 일반인들이 아직 잘 모르는 방대한 작품이다. 일본어로 된 원서 자체가 900여 쪽이고 보니, 번역 원고는 1,000여 쪽이 더 될 수밖에 없다.

이 방대한 분량의 글을 쓰기 위해 바친 고 권오봉 박사의 학문적 열정은 참으로 대단한 것이었다. 더구나 책상에서가 아니라 현장을 찾아다니며 체크한 사실 규명 노력, 학자적 엄밀성, 무엇보다도 방대한 자료 섭렵과 활용에 대해 새삼 경의를 표하고 싶다. 아마도 이 책이 간행되면 큰 반향이 있으리라 확신한다.

이 책의 번역에는 적지 않은 시간이 걸렸다. 박사학위논문이다 보니, 매우 전문적인 내용과 서술 방식을 취하고 있어 번역이 까다로웠던 탓도 있다.

나는 초벌 번역된 원고를 두 번 정도 차근차근 읽으면서 비문, 오탈자를 바로잡았다. 참으로 더디고도 인내심이 필요한 작업이었다. 하지만 나는 퇴계의 가서를 통해서 평소 알지 못했던 퇴계 가문에 대한 여러 가지 세부 사항들을 다시 공부하고 생각할 기회를 갖게 되어 기뻤다.

퇴계는 50세가 되어 계상(溪上)에 머물 곳을 완성하고는 "고아한 자취는 나의 일이 아니어서, 편안히 고향 마을에 있네(高蹈非吾事, 居然在鄉里)"라는 시를 지었다. 중앙의 정치보다는 학문하는 것을 '나의 일(=사업)' 이라 생각하였던 퇴계. 그가 평생 하고 싶었던 것은 다름 아닌 '나의 일[吾事]' 이었다. 퇴계 자신이 가장 원했던, 가장 자신다웠던 일은, 바로 '자연에 묻혀', '책 읽고 공부하는' 것이었다.

이런 기쁨은 제자들의 기록에 잘 드러나 있다.

"늘그막 거처를 도산에다 정했다. 장서실(藏書室)을 만들었는데, 강 위에 있었다. 겨울철에는 매우 추워서 살 수가 없어 봄·여름철에만 항상 거기에 거처했다. 꽃이 핀 아침과 달 밝은 저녁에는 홀로 작은 배를 타고 물길을 따라 오르내리다가 흥이 다하면 되돌아와서 마음을 경전[經籍]에서 놀리고 흥(興)을 계산(溪山)에다 맡기니, 당시 세상사에 대한 생각을 무너뜨려 버렸다."

이처럼 퇴계는 그저 학문 그 자체를 즐겼다. "졸렬하며 어리석고 미련한[愚拙庸碌]" 한 인간이라는 자각에서 '성현의 책=말씀' 에 따라 살고 싶었다. 그저 한 사람의 인간으로 돌아온 평범한 '나 다운(=사람다운) 삶' 이었다. 퇴계가 애써 집안사람[家人]들에게 가르쳤던 것도 바로 이런 '사람다운 삶' 에 대한 것이었다.

그런데 퇴계는 자신의 삶의 지침을 가졌다. '큰 바위 얼굴' 로서의 '성현' 이었다. 물론 이 얼굴은 원래 '자연' 에서 본받은 것이었다. 그래서 퇴계는 '위대한 자연' 과 그 모습을 닮은 '성현' 을 쳐다보며, 살았다. 이것이 퇴계의 인생 전부였다.

퇴계는 "고인의 예던 길"을 "예는" 삶. 그런 실천지성 속에서 어느새 스스로 '큰 바위 얼굴'이 되고 말았다. 그래서 역사 속에, 퇴계는 우리 곁에 항상 남게 되었다. 평범함 속의 위대함을 실현한 것이었다. 퇴계의 가서를 읽으며 느낀 나의 생각은 이랬다.

퇴계 가서를 교열하는 사이에 머리도 식힐 겸, 나는 서가의 꽂힌 이 책 저 책을 빼서 읽기도 했다. 그러던 중 우연히 예전에 읽었던 김인환의 『상상력과 원근법』(문학과 지성사, 1993)을 다시 펼치게 되었다.

그 「머리말」 부분(VI)에서는 '토마스 아퀴나스의 미학 이론'을 간단히 소개 하는데, 내용은 대략 이렇다 :

"토마스 아퀴나스는 사변의 영역에 통하는 '사변지성'과 실천의 영역에 통하는 '실천지성'을 구분하였다. 전자는 '참됨'을 목적으로 삼고, 후자는 '착함 또는 잘함'을 목적으로 삼는다고 보았다. '착함'은 '윤리'에, '잘함'은 '기술'에 해당된다. 윤리의 목적은 '착한 행동'이고, 기술의 목적은 '잘 만든 작품'이라고 한다. 그는 기술에 대해서 다시 '기능적 기술'과 '자족적 기술'을 구분하였다. 전자(=기능적 기술)는 '잘 된 작품'이라는 목적만이 있는 데 비해, 후자(=자족적 기술)은 '잘 된 작품'이라는 목적 그 너머의 목적 즉 '아름다움'(완전·균제·광휘)이라는 것이 겹쳐져 있다고 보았다." 이것이 토마스 아퀴나스의 미학이론이다. 물론 토마스 아퀴나스는 신학자 이기에 목적 그 너머에 있는 아름다움이란 바로 '보이는 하느님=예수'였으리라.

나는 이 대목을 읽을 때 얼핏 스친 것이 있다. 맞다. 퇴계가 바랐던 삶의 이상도 유사한 것이 아닌가! 사변지성이 아니라 '실천지성'에 무게를 두고, 더구나 '자족적 기술'에 심혈을 기울인 것이 퇴계 아니었던가.

퇴계에게 '보이는 하느님=예수'은 바로 '성현의 책'이었다. 더 나아가면 '진리가 살아있는 자연(=하늘. 天命)'이었다. 퇴계는 '성현과 자연'을 만나 자신의 최종적인 '아름다움'을 확인했던 것이었다. 퇴계는 자술한 명문(銘文) 가운데서 스스로의 완성을 이렇게 요약적으로 읊고 있다 :

我懷伊阻 내 그리워하는 분 저 멀리 있으니
我佩誰玩 나의 패옥 누가 구경해 주리.
我思故人 내 고인을 생각하니
實獲我心 실로 내 마음과 맞는구나.

'패옥[佩]'이란 "그리운, 그러나 지금 여기 안 계시는 성현"에게 감사한 마음을 갖고, 항상 잊어버리지 않고 가슴속에 품고 있는 진심, 즉 아멘 같은 '마지막 어휘'가 아닐까. 인간은 누구나 이런 '마지막 어휘'를 갖고자 산다. 그것이 꿈이고 희망이다. 우리가 자신의 인생을 위해 온몸을 바치는 뜻은 무엇일까. 다름 아닌 '내가 나답게 사는 삶'을 살려는 것이 아닐까. 내가 고 권오봉 박사의 『퇴계 가서의 총합적 연구』를 통해, 퇴계의 가서를 읽으며 배웠던 것은 이런 이야기들이다.

그러나 미안하게도 그 꿈, 희망은 스스로 만드는 것이지 바깥에서 기적처럼 어느 날 갑자기 들이닥치는 것이 아니라는 것. 데미안처럼 자신의 삶의 밑바닥에 스스로 다가가 직접 실천적으로 만나야 하는 것임을 절감한다.

어디에도 속하지 않을 권리

제2부 곧음[直]의 인문학

| 나무에서 만나는 '직(直)'의 인문학

나무-내면주의의 상징

나는 언제부턴가 나무에 관심을 가지기 시작했다. 땅 밑으로 뿌리를 내리고 땅 위로 줄기나 가지를 뻗는 여러해살이 식물인 나무를 통해 많은 것을 배우고 생각하고 있다.

나무는 인류의 역사와 함께해 오면서, 대지 위에서만이 아니라, 인간의 삶과 지성의 내부에도 깊이 뿌리내리고 줄기와 가지를 뻗어왔다. 당연히 인간의 거울이거나 지침이 되기도 하고, 인간이 그 품에 안기고 의지하는 피난처이기도 하다. 그만큼 인간은 나무에게 적지 않은 빚을 지고 있다. 우연의 일치이지만 나무는 나무아미타불의 '나무'(南無)를 생각하게 해준다. 하지만 여기서 '나무'란 '남쪽에 없다'는 것이 아니고, '귀의 하다'는 뜻의 산스크리트어 Namu를 한역한 것이다. 나아가 나무는 자신의 존재 근거를 자기 내부에다 두는 이른바 내면주의 혹은 성선설(性善說)의 표본처럼 보인다. 마치 생텍쥐페리가 『인간의 대지』에서, "진리란 결코 증명되어지는 것이 아니다. 만약 다른 곳이 아닌 이 땅에서만 오렌지 나무가 견고한 뿌리를 내리고 열매를 맺을 수 있다면, 이 땅이 바로 오렌지 나무의 진리이다"[1] 라고 말한 것처럼, 자신의 근거를 자기 내부로부터 만들어 낸다. 「바람의 빛깔(Colors of the Wind)」 이라는 노래에서 "얼마나 크게 될지 나무를 베면 알 수가 없죠~" 라고 했듯이, 나무의 완결은 나무 그 자체의 순리에 맡겨져 있다.

---

1)생텍쥐페리, 『인간의 대지』, (펭귄클래식 코리아), 2009, 187쪽.

흔히 "나무는 보고 숲은 보지 못한다"고들 한다. 숲을 '전체'로 볼 경우, 나무를 '부분'에 배당시킨다. 그러나 숲 이전에 나무가 있었고, 거기서 숲이 만들어졌다. 나무는 부분이면서 전체이기도 하다. 작은 한 포기의 나무가 자라나 이파리와 큰 가지를 만들어 내어 공중의 새들이 거기서 쉬고, 사람들도 그 그늘에서 머문다. 꽃과 열매는 물론 계절에 따라 아름다운 빛깔과 모양을 만들어 선사한다.

어쨌든 나무는 그 자체로 하나의 인문학의 발신자이거나 무언의 스토리텔러라 불러도 무방할 것이다. 아래에서는 나무의 인문적 의미 가운데 '직(直)'에 대해 정리해 보고자 한다.

'평생을 늘 한자리' – 우직(愚直)

동요 「겨울나무」에서는 "평생을 살아봐도 늘 한자리~"라고 했다. 그렇다. 나무는 누군가 옮겨주지 않으면 평생 한곳에서 생명이 다할 때까지 지낸다. 혼자 멀리 옮겨 다니지도 못하고, 어리석게 한자리만 올곧게 지킨다. 그래서 우직(愚直)을 상징한다.

식물이라 할 때의 '식(植)'자는 '심다, 세우다, 자라다'는 뜻이다. 그리고 같은 글자를 '치'로 읽으면 '두다, 서다, 기대다'의 뜻이다. '심다'는 것은 "흙 속에 뿌리를 묻는 것"을 말한다. 나무를 심을 때는 똑바로 위로 잘 자라나길 바라며 곧게 하여 뿌리를 묻는다.

나(我) 무(無) #6ⓒ김은정

　‘심을 식/치’ 자는 ‘나무 목(木)’ 자에 ‘곧을 직(直)’ 자를 합한 것 이다. 이 글자에는 ‘정직-충직-강직’ 등의 어휘에서 볼 수 있는 ‘직=곧음’ 이 들어 있다. 직은 구부정하게 굽은 것(曲)에 대치하여 ‘반듯할 방(方)’ 자와 통한다.

　‘곧을 직’ 자는 〈目(목) + 十(십) + ㄴ(隱의 생략형)〉으로 되어 있다. 이것을 풀이하면, 하늘에는 해와 달과 별들, 그리고 땅 위에는 사람과 새와 높은 산과 언덕 같은 이른바 ‘천지신명’ 의 ‘많은’ (=十) ‘눈들’ (=目)이 쳐다 보고 있으니 ‘감추거나 숨길’ (隱→ㄴ) 수 없다는 뜻이 된다.

直	目(목)	十(십)	ㄴ(隱의 생략형)
	눈	열(→많은)	감추다/숨기다

　　고대인들의 사유에는 천지신명이 지켜보고 있으니 속일 수 없다고 보았다. 우리는 외부의 환경(해달별=천지신명)과 타자(사람, 귀신)의 시선(눈)에 둘러싸여 있다. 현대에는 이것이 도처에 설치된 감시카메라 등이 대신하고 있다.

　　그리고 천지신명은 이미 내 몸속에도 들어와 있다. 『대학』에는 이 점을 잘 보여주는 구절이 있다 : "증자가 말했다. 열 눈이 보는 바이며 열 손이 가리키는 바이니 엄중하도다(曾子曰 十目所視 十手所指 其嚴乎)" '열 눈, 열 손가락' 이란 몸 바깥과 몸 안쪽의 천지신명을 가리킨다.

　　내 몸에 있는 천지신명은, 먼저 왼쪽 오른쪽의 두 눈이다. 중국 명대에 간행된 일종의 백과사전인 『삼재도회(三才圖會)』의 반고상(盤古像)에다 스기우라 고헤이(杉浦康平)는 '해'(왼눈 : 동쪽)와 '달'(오른눈 : 서쪽)을 새겨넣어[2] 우리 콤에 해와 달이 들어있음을 보여주었다.

　　우리 몸에 두 눈이 해와 달에 해당하므로 이것이 바깥 세계의 해와 달과 조응한다. 서양에서는 괴테가 이와 유사한 언급을 하고 있다 : "눈의 존재는 빛으로 생겨난 것이다. 우리는 고대 이오니아학파를 기억하게 된다. 그들은 동일한 것으로쿠터만 동일한 것이 인식될 수 있노라고 아주 의미심장하게 반복해서 말했던 것이다. 그런 의도를 잘 드러내고 있는 고대의 한 신비 주의자의 말…. '눈이 태양과 같지 않다면,/ 우리는 빛을 어떻게 볼 수 있겠는가?/ 우리들 속에 신 자신의 힘이 살아있지

---

2)스기우라 고헤이, 『형태의 탄생』, 송태욱 옮김. (안그라픽스, 2001), 17쪽.

않다면, / 신성이 우리를 어떻게 매혹시키겠는가?'…. 눈 속에 일종의 빛이 깃들어 있어서 내부로 부터 혹은 외부로부터 아주 미세한 자극이라도 주어지면 그것이 촉발된다고 하는 주장은 납득이 간다."[3]

다음으로, 마음속의 양심이다. 『중용』에서는 "숨은 것보다 잘 드러나는 것이 없으며(莫見乎隱), 미세한 것보다 잘 나타나는 것이 없다(莫顯乎微)"고 했다. 천지신명이 인간의 내면에 들어와 있는 것을 다른 말로는 '밝은 덕'(明德)이라고도 부르다. 밝은 빛처럼 곧게 펼쳐지는 덕성이다. 이 '덕' 자에도 '곧을 직' 자가 들어 있다. 덕 자는 '곧게(直) + 나아가는(彳 = 行) + 마음(心)'이다. 덕의 옛 글자는 '곧을 직'과 '마음 심'을 합한 글자인 '悳'이다. 한마디로 양심의 소리를 따라 '올곧게 마음을 내는 것'이다. 흔히 하는 말인 "마음 바로 쓰거라!"라는 말에 잘 드러나 있다. 『논어』「옹야」에서는 "사람이 살아가는 것은 곧음 때문(人之生也直)"이라고 했다. 저 하늘에 빛나는 해와 달과 별처럼 인간의 내면에도 양심이란 것이 있다. 스스로 행한 잘못이나 악행을 제일 잘 알 수 있는 건 바로 자신의 양심 아닐까.

'직(直)'에서 '지기, 똑똑, 뚝뚝'으로

'직'과 관련된 말들이 있다. '밤에 교대로 잠을 자면서 지키는 일이나 사람'인 '숙직'(宿直), '그날 당번으로서 직장을 지키는 일이나 사람'인 '일직'(日直) 같은 것이다. 그리고 '산지기, 문지기, 등대지기'의 '지기'도 같은 것이다. 지기는 '지킴이'를 말하며, 한자 직(直)에서 파생된 것으로 본다. 그리고 '일을 그만두거나 떠나거나 작별하는 것'을 '하직'(下直)이라 한다. '아래로 곧바로 떨어지는 것'을 '직하'(直下)라 한다. 물이 똑똑 떨어지거나, 낙엽이 뚝뚝 떨어지는 것도 '직'과 관련된 것이다.

---

3)괴테, 『색채론』, 장희창 옮김, (민음사, 2003), 40쪽

박목월의 시 '난'에서는 '하직'의 의미가, 김수영의 '폭포'라는 시에서는 '정직-강직-직하'의 의미가 잘 드러나 있다.

> 이쯤에서 그만 하직(下直)하고 싶다.
> 좀 여유가 있는 지금, 양손을 들고
> 나머지 허락받은 것을 돌려보냈으면.
> 여유 있는 하직은
> 얼마나 아름다우랴.
> —박목월, 「난(蘭)」 부분(   )

난초의 꽃이 뚝 떨어지는 것이 멋스럽듯, 삶도 때맞춰 하직하는 아름다움을 생각하게 된다.

> 폭포는 곧은 절벽을 무서운 기색도 없이 떨어진다.
>
> 규정할 수 없는 물결이
> 무엇을 향하여 떨어진다는 의미도 없이
> 계절과 주야를 가리지 않고
> 고매한 정신처럼 쉴 사이 없이 떨어진다.
> (중략)
> 곧은 소리는 소리이다.
> 곧은 소리는 곧은
> 소리를 부른다.
> —김수영, 「폭포」 부분(   )

김수영은 폭포를 통해 직하하는 ‘곧음’, 그리고 거기서 나오는 ‘곧은 소리’를 선명하게 부각시킨다. ‘곧은 절벽을 무서운 기색도 없이 떨어지는’ 폭포는 고매한 정신을 잘 드러낸다.

사실 ‘똑’ 부러지거나 ‘뚝’ 떨어지는 것은 만물들이 각기 타고난 본성에 잘 따르는 것이다. 『중용』에서는 “본성에 따르는 것을 도라고 한다(率性之謂道)”고 하여 자연이 증여(=선물)한 법칙대로 따를 것을 권유한다.

서양의 괴테와 로댕도 ‘자연’에서 모범을 찾고자 하였다. 자연은 그 자체로 완벽하다는 것이다. 이들은 자연의 결(理)을 따라가며 최고의 무늬(文) 즉 예술작품을 발견하고자 했다. 그래서 자연을 신뢰하고 그 숨은 진실을 실현하라며 예찬한다. 그 가운데 나무가 등장한다.

먼저, 괴테는 “나무들은 하늘까지 자라지는 않도록 되어 있다”고 하였다. 그는 나무 그 자체의 규율과 절제라는 법칙에 주목한다. 나무와 마찬가지로 인간도 사물의 섭리 안에 존재한다. 그래서 괴테는 말한다. “만물 중의 사물 안에서 우리는 헤엄치고 있다. 우리가 그런 그대로.” 여기서 ‘그런 그대로’란 ‘있는 그대로(진실, Wahrheit)’를 뜻한다. 진실이란 본성 – 자연이다.

이어서, 로댕은 있는 그대로의 자연, 일상적 평범함에 주목할 것을 제안한다 : “자연은 모든 아름다움의 원천이다. 자연은 궁극적인 유일무이한 창조자이다. 예술가는 우선 자연에 다가가 자연을 탐구해야 한다”고. 그도 나무를 칭찬한다 : “인간들은 자주 고집을 부리기도 하고 서로를 비방하지만 나무들은 그런 짓을 하지 않는다.” 나무는 순리에 따라 살되 서로 다투거나 자기만을 위해 욕심부리지 않는다. 로댕은 이렇게 말한다 :

"가을이 와서 커다란 나뭇가지가 잎을 다 떨어뜨리고 벌거벗은 몸을 드러내게 되면 나무는 더욱더 아름다운 한 그루의 거대한 자연이 된다." 나무는 그대로 하나의 온전한 자연을 보여준다는 것이다.

'고된 현실'과 '상상' 사이의 나무

그러나 삶이란 단순치 않다. 나무의 운명도 그렇다. 마음껏 자라는 것이 흔치는 않다. 심학을 대성한 중국의 양명(陽明) 왕수인(王守仁. 1472~1529)은 젊은 날 문화의 불모지 귀주성 용장으로 좌천돼 지내며, 많은 시를 썼다. 그 가운데 '노회'(老檜. 늙은 전나무)라는 시가 있다. 우연히 세파를 견디며 살아가고 있는 꼿꼿한 전나무를 만나 자신의 신세를 투영하며 위로하고 있다.

老檜　늙은 전나무

老檜斜生古驛傍,	낡은 파발 한쪽에 비스듬히 서 있는 늙은 전나무
客來系馬解衣裳.	오가는 손, 말 매고 옷 벗어 걸어두고
託根非所還憐汝,	못 설 곳에 뿌리내린 네가 오히려 가엾으나
直干不撓終異常.	꼿꼿한 가지 휘지 않은 건 끝내 보통내기와 다르구나.
風雪凜然存節槪,	풍설 속에서도 늠름히 절개를 간직하고
刮摩聊爾見文章.	깎고 다듬을 적 제멋을 드러내리.
何當移植山林下,	언제 산속 숲에 옮겨 심어
偃蹇從渠拂漢蒼.	높이 우뚝 솟아 푸른 하늘을 쓸게 할까나.

왕양명은 낡은 파발 한쪽에 비스듬히 서 있는 늙은 전나무를 만나, 못 설 곳에 뿌리내린 것을 가엾게 생각한다. 그러면서 그는 그런 처지를 벗어나 "높이 우뚝 솟아 푸른 하늘을 쓸" 자유를 구가할 날을 꿈꾸어 본다.

세상이 어렵고 힘들 땐 아예 눈에 보이는 상상의 나무를 그려보는 것도 좋겠다. 눈에 보이지 않는 상상 속의 나무도 나무이기 때문이다. 예컨대 장자(莊子)는-마치 노발리스가 『푸른 꽃』에서 오직 마음으로만 볼 수 있고 눈으로는 볼 수 없는 푸른 꽃을 이야기하듯이-자기 내면에다 푸른 나무 한 그루를 심어두고, 그 그늘에서 어슬렁거리거나 편히 쉬는 이상향을 그려 낸다. 그것은 '어디에도 있지 않는 곳(無何有之鄕)'이다(「소요유」). 이처럼 오직 상상 속에서만 자라는 푸른 나무 한 그루를 키우는 것도 멋진 삶의 선택 중의 하나가 아닐까.

Pine tree_2012ⓒ원춘호

Pine tree_2009ⓒ원춘호

밥이 오면 밥 먹고, 잠 오면 잠잔다

『천로금강경(川老金剛經)』에서 만나는 게송(偈頌)

　"이 때에 세존께서는 밥때가 되어 가사를 입으시고 발우를 지니시고 사위 큰 성으로 들어가시어 밥을 빌으셨다." 『금강경』 첫머리는 이렇게 시작한다. 맨발에 밥 한 그릇. 자발적 거지가 된 수행자의 진면목이다. 빌어온 밥을 드시고 주발을 정리하고 발 씻고 앉아 '마음 챙김'에 들어간다. 소탈한 광경이다. 마음이 그려내는 그림인 '상'(相=想)에서 '나(我), 남(人), 생명(衆生), 목숨(壽者)'이라는 번뇌·망상이 오락가락. 이를 깨부수어야만 '가장 높고 바르며 원만한 깨달음'의 길에 들어설 수 있다.

　석가세존에게 기수급고독원을 바친 돈 많은 상인 수달다의 조카인 수보리. 나이 많은 출가자로 공(空)의 이치를 터득하였다. 남과 다투지 않고 잘 생겼고 말재간마저 뛰어나 항상 대중들의 공양을 잘 받았다. 『금강경』은 이 수보리와 석가 사이의 질의응답 토크쇼로 설정돼 있다. 수보리가 웃옷을 왼쪽 어깨에다 걸치고 오른쪽 어깨를 드러내고, 오른쪽 무릎을 땅에다 대고 석가에게 정중히 여쭙는다. 빨리 토크가 끝나지 않으면 수보리는 계속 무릎을 꿇고 있어야 한다는 조바심마저 든다. 하지만 길지 않은 음악회처럼 흥미에 빠져들다 보면 법회는 어느새 끝난다. 그 내용은 소승불교의 핵심 기조인 '일체의 법(法)은 있다'는 생각(相=想)에서 발원한 모든 집착을 끊어버리게 한다. 끝내는 깨달음도 번뇌도, 불교니 부처니 하는 생각마저도 버리게 만든다. 대승 초기의 공(空) 사상을 설하나 그 글자는 단 한 자도 보이지 않는다.

　석가는 45년간 많은 말씀(=가르침)을 베풀었다. 길고 넓고 한없이 부드러운 혀의 장광설은 모두 불경 속 문자사리로 잠들어 있다. 그것은 우는 아이를 달래고, 밑을 닦아 주기 위해 임시방편으로 베푼 것이다. 상처가 나으면 약이 필요 없듯. 고통이 사라지면 부질없는 것들이다. 태어난 뒤의 늙음과 죽음, 그 길을 누구나 제 홀로 가야 한다. 그래서 『금강경』은 "나는 수많은 사람들을 구제해 줬지만, (미안…사실은) 단 한 사람도 내 손으로 구제한 적이 없다!"고 쿨 하게 고백한다. 그래서 『금강경』은 불경이 결국 '우는 아이 달래는 종이돈(紙錢), 밑 닦는 휴지'임을 여실하게 보여준다.

　『금강경』은 '무엇이든 자를 수 있는 금강석(다이아몬드) 같은, 혹은 금강석마저도 자를 수 있는 벼락같은, 지혜의 온성을 담은 책'의 뜻이다. 대승불교 경전 가운데서 가장 널리 읽히는 경전으로, 자신을 위한 수행자인 아라한 대신 자리이타의 상징인 보살과 '베풀라!'는 보시를 선두에 내세운다. 베푸는 것도 '상(相)에 머무르지 않는 보시여야 한다'고 한다. 이렇게 모든 관념(상)을 거부하므로 『금강경』은 선적(禪的) 혹은 칸불교적인 사유를 내포하기도 한다.

　영남대 소장 『천로금강경』은 송나라 임제종 승려인 천로 도천이 『금강경』을 해설하고 송(頌)을 붙인 것을 13세기 증엽에 간행한 것이다. 한국에 소장된 천로 계열본 중 가장 이른 판본이다. "밥이 오면 밥 먹고, 잠 오면 잠잔다."는 유명한 게송을 여기서 만날 수 있다.

한 해의 마지막 꽃, 국화 앞에서

가만히 국화를 보며

햇빛 따사로운 오후, 가을걷이가 끝난 산속 텅 빈 밭고랑에 앉아 노란 꽃, 국화를 가만히 바라다본다. 몇 년 전에 두 고랑을 심었더니 제법 잘 자라 가을이면 온 밭의 분위기를 주도한다. 매년 꽃을 따다 말려서 국화차를 만드는 재미도 쏠쏠해졌다. 일하는 재미도 재미지만 꽃을 쳐다보는 일이 내겐 큰 공부이자 기쁨이다. 향기가 물씬 풍기는 가운데, 벌 떼도 제법 모여들어 꿀을 퍼 나르며 윙윙댄다. 모두 공생하는 관계이지만 여기서는 어느 쪽이 갑이고 어느 쪽이 을인지는 잘 모르겠다. 누가 기쁨이고 누가 상처인지, 누가 누구에게 기생하고 있는지도 잘 모르겠다.

어느 하나, 향기로운 집 한 채가 아니랴

당나라 시인 원진(元稹. 779~831)이 "이 꽃 모두 지고 나면 더 이상 꽃은 없으리!"(此花開盡更無花)라고 「국화(菊花)에서 읊었듯이, 국화가 지고 나면 한때 번성했던 이 밭고랑에도, 저 산자락에도 꽃들은 자취를 감추리라. 한 해를 마무리하는 꽃, 국화를 보면서 문득 내겐 이런 시가 떠올랐다.

가을걷이가 끝난 빈 밭고랑이 / 쪼그리고 앉았다 / 빼앗을 건 다 빼앗아 / 뿌리마저 뽑혀 말라비틀어진 / 세상의 바닥, / 생애의 반은 잊혀지고, / 그 나머지 반은 허전하다 // 그런 곳으로도 새들은 먹이 찾아 날아들고 / 간혹 비닐도 날려 와 허리를 쭈욱 펴고 / 너덜너덜 쉰다 / 땅의 한구석엔 고요가 / 국화꽃처럼 노랗게 피어 익어가고, / 가을 벌 떼 윙윙대며 꿀을 퍼 날라 / 극락전을 짓는다 / "수리수리 마하수리 수수리 사바하…" // 그냥 막 살아온 것 같아도 / 어느 하나 / 향기로운 집 한 채가 아니랴

최재목, 「어느 하나 향기로운 집 한 채가 아니랴」 전문

꽃 한 송이가 내 눈엔 향기로운 극락전 같다. 너, 나 할 것 없이 우리네 삶도 가만히 들여다보면 얼마나 기쁘고도 눈물겹고, 얼마나 즐겁고도 또 아린가. 우리가 극락을 그리워하는 까닭은 이 땅이 정녕 극락이 아니기 때문이리라. 이미 극락이라면 극락을 그리워할 리 없을 것이다.

제자리에서 향기롭다 떠나지만

어려운 시절 노동자들에게 위안과 희망을 주었던 민중가요 「사계」는 슬픈 음색인 다단조(C Minor)이나, 빠르고 발랄하게 흘러 지나가는 탓에 슬픔을 놓치기 쉽다. 서리 내리는 차가운 계절에 국화는 홀로 피었다, 제자리에서 가만히 향기롭다가 조용히 떠난다. 그래서 뭔지 모를 섬뜩한 슬픔과 아픔을 놓치기 쉽다. 3절 '가을'에서는 "찬바람 소슬바람 산 너머 부는 바람 / 간밤에 편지 한 장 적어 실어 보내고 / 낙엽은 떨어지고 쌓이고 또 쌓여도 / 미싱은 잘도 도네 돌아가네"라며, 낙엽 지는 쓸쓸한 가을날 그런 정취마저도 느낄 틈 없이, 밤낮 재봉틀(일본어로 '미싱')을 돌려대던 여공들의 아팠던 삶을 떠올리게 한다. 국화에도 불편한 현실 속을 헤쳐 나가는 선비들의 애환이 꽃잎 속에, 향기 속에 배어 있는 듯하다.

국화의 알레고리를 읽으며 나를 보다

과거 시인과 선비들은 자신들의 생각을 '국화'라는 시나 글, 그림을 통해서 암시적, 은유적으로 표현하였다. 그래서 전통 문예 속에서 국화가 갖는, 그런 알레고리를 살펴보는 것은 흥미롭다. 이것은 아마도 현대인들이 거의 잃어버린, '휙 지나가 버리고 없는' 국화 속에 투영된 애환의 심리를 발굴하는 일일 것이다. 과거 선비, 문인들의 자존심이거나 미학이자 도덕이었던 표현법은 과연 어떤 것이었을까.

첫째, 오로지 자신을 위해 향기롭게 핀다. 국화는 아무도 보는 이가 없어도 아무 말도 없이 그냥 홀로 정성을 다해서 핀다. 그것은 선도 악도 아닌 곳에서, 슬픔에서도 기쁨에서도 물러나 그냥 자신의 본성대로 피어 본래 지닌 향기를 마음껏 발산한다. 누구를 위해서가 아니라 오로지 자기 자신을 위해서, 온몸을 다해서 향기롭게 피었다가 떠난다. 남들의 어떤 평가도 아랑곳하지 않고 단지 스스로의 만족 속에서, 은자처럼 살다가 간다.

둘째, 둥글게 하늘을 닮아 하늘을 향한다. 전통적으로 ‘하늘은 둥글고 땅은 네모나다’고 하여 ‘천원지방’(天圓地方)이라 했다. 하늘은 시간의 의미로 둥글게 순환·회전하기에 ‘원원’(圓圓)이라고도 한다. “모난 돌이 정 맞는다”는 말처럼 성격이 모난 사람은 사회생활을 하면서 많이 부딪힌다. 그러나 하늘의 모습은 둥글고 둥글어서 부딪힐 일이 없다. 둥근 꽃송이는 하늘 높이 달려서 하늘을 향해 얼굴을 든다. 그래서 국화는 하늘을 닮았다고 생각하였다. 고개 숙이지 않고 높은 곳으로 향하는 마음은 세간의 바람·먼지[風塵] 속을 살아가지만 세간을 넘어서는 방법을 알고 있다.

셋째, 뿌리를 땅에 박고 있어 누런색이다. 『천자문』에서는 “천지현황(天地玄黃)…”이라 하여, 하늘은 ‘거무스름’[玄] 하고 땅은 ‘누렇다’[黃]고 표현 하였다. 땅[地] 즉 흙[土]의 색은 누런 것이기에 국화의 꽃 색깔도 황색이라고 본 것이다. 국화는 하늘을 향하지만 뿌리는 땅에다 박고 대지의 색깔인 황색을 얼굴에 드러낸다. 아울러 황색은 한쪽으로 치우침이 없는 한 가운데의 바름 즉 ‘중정’(中正)을 상징한다. 세상이 다 삐뚤어져도 국화는 중정 속에서 피고 있다고 본 것이다. 하지만 그것은 다름 아닌 선비, 문인들이 자신들의 애환을 넘어서는 탁월한 해석이리라.

넷째, 가을 늦게 찬바람 속에 피어 한 해를 마무리한다. 국화는 봄날 햇볕이 따사로울 때 피지 않는다. 으레 가을바람 싸늘히 불고 서리가 내려 한기가 돌 무렵 핀다. 추운 계절에 저 홀로 피어 있는 자태는 가만히 속으로 참고 견디며 스스로의 몸가짐을 조심하는[隱忍自重] 모습이다. 시끌벅적한 권력과 풍요의 세계로부터 멀어져 재야에서 조용히 살아가는 은자의 풍모이기도 하다.

'맑고 서늘한 행복' = '청복'(淸福)을 생각한다

벼슬하며 명예를 갖고 화려하게 사는 것을 '뜨끈한 행복' 이라는 의미로 '열복'(熱福)이라 한다. 은거하며 산천으로 걷고 돌아다니는 것을 '맑고 서늘한 행복' 이라는 의미에서 '청복'(淸福)이라고 한다. 다산 정약용은 이렇게 표현했다. 갈하자면 전자는 소유의 행복이고, 후자는 존재의 행복이다. 소유가 아니라 존재의 태도로 살아가는 모습이 국화에 있다. 무언가를 많이 가진 기쁨이 아니라 내가 지금 여기 이렇게 살아 있다는 사실, 하늘과 땅과 사람들과 함께 있다는 사실에 만족하는 것을 우리는 자연에서 배워야 한다. 보는 사람이 없어도 그냥 말없이 홀로 자신을 위해서 정성을 다해서 피었다 지는 국화를 보면서 한 해의 가을을 마무리하고 싶다.

그냥 막 살아온 것 같아도, 잘 들여다보면, 누구 하나 향기로운 집 한 채씩이 아니랴. 태연이 부른 「사계」를 듣는다. "사계절이 와, 그리고 또 떠나 / 내 겨울을 주고 또 여름도 주었던 / 온 세상이던 널 보낼래…." 또 한 계절이 간다. 모두 행복하시길!

┃ '책 읽는 도시', '책의 도시' 대구를 꿈꾼다

한 지역이 '멋스러운' 것은 무엇 때문일까? 건물이 멋지고, 먹거리가 많고, 좋은 차들이 굴러다니고, 부자들이 많아서일까. 아니다. '문화'(文化)가 있어서이다. 문화의 내용은 건축과 음식 같은 물질적인 면도, 선비나 신사 같은 정신적인 면도 있다. '문화'의 '문'(文)은 원래 사람 몸에 새긴 글씨·그림·무늬(문신)에서 출발하였다. 그것이 '글자'나 '학문' 같은 뜻으로도 사용돼 왔다. 문화는 그 자체의 힘으로는 생성, 변화하지 않는다. 그 중심에 '사람'이 있고, 그것을 추동해 가는 힘은 집단의 생활관습, 국가 권력·자본의 흐름 같은 것이다.

문화라는 한자는 원래 중국의 『역경(易經)』, 『서경(書經)』 같은 고전에 나온다. 그것이 일본의 메이지 시대에 영어 시벌러제이션(civilization)의 번역어로서 처음 사용되었다고 한다. 이어서 1915년(다이쇼 4년)에 구와키 겐요쿠(桑木嚴翼)가 독일어의 쿨투어(Kultur)-영어의 컬쳐(culture)에 해당 - 를 '문화'로 번역하였다. 이후 문화라는 말이 일반화되는데, 우리나라에는 1895년에 '文化(문화)의 先進國(선진국)…', 1907년에 '文化(문화)를 開進(개진) 하야…'와 같이 쓰이기 시작했다. 참고로 영어 컬쳐(culture)는 네이쳐(nature)에 상대되는 것이었다. 즉 꾸미지 않은 원래 그대로인 물리적 자연, 다듬어지지 않은 야만적 인간에 대항한다. 이에 비해 한자어 '문화'(文化)는 '무화'(武化)에 상대된다. 문화혁명, 무화혁명이란 말이 있듯 문(文)은 붓-부드러움-문필-문인을 무(武)는 칼-강함-무력-무인을 상징하면서 대립하는 것이었다.

사실 문화란 말은 보통 그 두 글자만으로는 밋밋하다. 다시 말해서 차의 범퍼(충격완화 장치)처럼, 그 앞뒤로 다른 말이 붙을 때 비로소 그 뜻이 명확히 규정되기도 한다.

먼저, 문화 앞에 어떤 낱말이 붙으면 그 의미가 한정되어 비로소 독특한 색깔을 드러낸다. 예컨대 고대, 중세, 근세, 근대, 현대를 그 앞에다 붙이면, 각 시대의 풍조나 특징을 떠올리게 된다. 아울러 도시, 시골, 해양, 대륙, 중국, 일본, 유럽, 한국이라는 말을 그 앞에다 붙이면, 각 공간의 분위기나 특징을 드러내 보일 수 있다. 이렇듯 앞에 오는 말이 어떠냐에 따라 그 정체성, 에토스가 규정된다. '대구 문화'라고 하면, 대구라는 지역적 특질을 상상하게 한다.

이어서, 문화 뒤에 예컨대 시민, 대구 같은 말을 붙이면 대구나 시민이 한결 세련돼 보인다. 이때의 문화는 앞서 언급한 '쿨투어'나 '컬쳐'처럼, '꾸미지 않은 원래 그대로인' '다듬어지지 않은' 자연이나 인간에 대립하는 개념이다. 우험하고 거친 자연 상태에다 손을 대서 가꾸고 꾸며서 부드럽고 세련되게 만드는 일(즉 문명화)이다. 여기서 문화라는 말이 자연 상태, 원래 모습을 파괴하거나 폄하하는 경향이 있다는 점도 잊어서는 안 된다.

어쨌든 '대구의 문화'는 대구의 사람들이 만들어서, 공유하고, 전달하는 '멋스러운' 물질적+정신적 유산이어야 한다. 대구 사람들의 가슴에 새기는 무늬(문신)이어야 한다. 이왕 대구문화를 구상하려면 나는 많은 문화 가운데 특히 '책 읽는' 문화를 만들어 갔으면 한다. 하여, 대구가 '책 읽는 도시'로 세련돼 갔으면 한다. 지하철이든 벤치이든, 남녀노소 누구나 책 한 권씩 들고 나이 들어가는 풍경이 일상화됐으면 좋겠다. 각종 지원금도 책을 사도록 권하고. 책을 사는 사람에게는 대폭 세금 감면도 해주는 등 책 읽는 대구를 대구문화의 '원년'으로 삼도록 하자. 나 살아생전, '책 읽는 도시' '책의 도시' 대구를 꿈꾼다!

불안의 철학

‘떨고 있는 지남침 바늘처럼’

29세로 요절한 시인 기형도는 「안개」라는 시에서 "누구나 조금씩은 안개의 주식을 갖고 있다."고 했다. 시 속의 ‘안개’를 나는 ‘불안’이란 글자로 바꾸고 싶다.

짙은 안개는 이쪽에서 저쪽을, 저쪽에서 이쪽을 서로 보이지 않게 감춰주고 가려주는 역할을 한다. 그래서 안개는 안주하거나 도망치려는 사람에게는 은둔과 은밀한 도피를 도와준다. 그런데, 먼 곳을 쳐다보거나 미래를 전망하고자 하는 인간에게는 불투명하면 답답해지고 안정을 찾지 못한다.

이처럼 불안은 전망이 불투명할 때 생겨나는 본능적 심리이다. 인간이 무언가를 전망하는 것은 안정된 ‘공간적 지도’와 명료한 ‘시간적 진행 과정’을 인지할 때이다. 우리가 수시로 눈을 깜빡이고 주위를 두리번 거린다는 것은 무의식적으로 주위 공간 및 대상에 늘 ‘주의·집중’하고 있다는 의미이다. 나아가야 할 길의 안전한 방향을 찾고, 아울러 - 주행 중 갑자기 다른 차가 끼어들면 급제동을 하듯 - 시시각각의 닥쳐올 위기 상황에 대처하는 습성은 인간이 진화해 오면서 터득한 무의식적 행동일 것이다.

북극을 가리키며 가는 바늘 끝을 끊임없이 불안스레 떨고 있는 지남침처럼, 우리의 몸과 정신은 ‘흔들리면서’ 살아 있다. 그것을 멈추면 더 이상 삶이 아니다. 맞다. 불안도 삶의 건강한 하나의 표현이다.

삶, 근심·걱정 보따리

"사람이 태어나면, 근심[憂]과 더불어 살아간다. 장수한다고 해봤자 정신은 혼미한 채 오래도록 근심하며 죽지 않는 것이니, 얼마나 괴로운 일인가?"(人之生也, 與憂俱生, 壽者惛惛, 久憂不死, 何苦也). 『장자』에서는 이렇게 말했다. 우리네 삶은 누구나 근심·걱정 보따리를 잔뜩 짊어지고 태어나서 살다 죽는다는 말이다. 기독교에서는 '원죄'라 하고, 불교에서는 '고(苦)'라 하고, 유교에서는 '우환(憂患)'이라 하나, 결국 인간 존재의 불안을 상징하는 것이다.

누구든 '생로병사(生老病死)'를 겪는다. 오른손으로 볼을 괴고 눈을 지그시 감고 있는 반가사유상을 보라. 웃고 있는 환희의 얼굴도, 울고 있는 비애의 얼굴도 아니다. 그 어중간한 지점에서 무언가를 골똘히 사유하고 있는 듯하다. 생(生)이 있게 되면, 필연적 코스로 노-병-사가 없을 수 없다. 자, 그렇다면 삶은 축복인가? 비극인가?

반가사유상은 '환희-축하'와 '비애-위로'의 중앙선을 밟고, 삶의 실존적 불안을 조용히 사색하는 듯하다. 오른손으로 턱을 괸 로댕의 '생각하는 사람'과는 사뭇 모습이 다르다.

살아있는 인간은 과거의 회상-기억-추억에 대해 불쾌감을 갖기도 하나, 아직 일어나지 않은 미래를 향해 내적-심리적인 불안을 느낀다. 이것을 '근심'으로 보고 '우(憂)'라 한다. 아울러 현재 눈앞에서 벌어지는 외적인 사건-사태를 경험하며 불안을 겪는다. 이것을 '걱정'으로 보고 '환(患)'이라 한다. '우'는 다가올 것[=희망, 기대, 예측]에 대한 불안을, '환'은 눈앞에 벌어지는 것[=현실, 사실, 경험]에 대한 불안을 말한다.

"청천하늘에 잔별도 많고, 우리네 가슴에 수심도 많다."고 「진도 아리랑」은 노래한다. 저 하늘의 잔별이 내 마음속의 근심·걱정이라니. 아니, 그것이 '빛나는 별'이라니! 아픔도 슬픔도 기쁨도 모두 반짝이는 별인 것이다. 불안을 따숩게 가슴속에 껴안고 살려 했던 조상들의 지혜를 느끼는 대목이다.

'거룩한 분(바가바드)의 노래(기타)'를 모은 고대 인도의 경전인 『바가바드 기타』에는 인간을 그저 '아홉 개의 구멍을 가진 상처'로 보았다. 몸은 '상처' = '아홉 개의 구멍'이 숭숭 뚫린 밭이란다. 지혜로운 자는 이 밭을 알고 경작하는 자라고 본다. 이보다 뒤에 만들어진 고대 인도의 『밀린 다팡하』라는 책에서는, 부처의 말을 인용하여, "육신은 끈적끈적한 살갗에 덮인 아홉 개의 구멍이 있는 종기와 같다."고 하였다. 몸은 그 자체로 아픔이고 상처이다. "생은 아름다울지라도 / 끊임없이 피 흘리는 꽃"(윤재철, 「생은 아름다울지라도」)이라 한 시처럼, 찔찔 피 흘리는 '꽃'이다. 그것도 꽃은 꽃 아닌가?

'카르페 디엠', 현재를 즐겨라!

자, 그럼 어떻게 할 것인가? 이래도 아프고, 저래도 아프다면! 웃어야 할까, 울어야만 할까? "왜 사냐 건 / 웃지요!"처럼, 웃으며 불안의 늪을 빠져 나와야 하지 않겠는가.

혜가(慧可)가 너무 괴롭고 불안하여 달마(達磨)를 찾아갔다. "무슨 일이냐?" "내 마음이 불안하여 견딜 수가 없습니다." "불안하다는 그 마음을 가져오너라." "찾을 수가 없습니다." 달마는 웃으면서 말했다. "이미 고쳐놓았느니라. 가 보거라!"

그렇다. 모두 마음이 만든 '상'(相=想)이다. 어차피 삶이 불안을 가로 질가는 과정이라면, 그 길은 흔들리는 마음에서 눈 떼지 말고, 고개 돌려 피하지 말고, 똑바로 쳐다보며 그러려니 웃으며 즐겨야 할 일이다. '카르페 디엠', 이 순간을 즐겨라!

강(江)과 문학의 어중간에서

들어가는 말

'강(江)'은 위대한 문명을 만드는 기반이고, 그 지역과 지방의 생명을 길러 내는 큰 젖줄이며, 인류의 역사 속에서 문화, 문학, 종교, 학술 등의 인간적 가치와 주제를 산출하는 데 기여해 왔다. 강은 바다와 산악과 더불어 하나의 대담한 '지상적 무늬[地文]'이자 탁월한 '케리그마(선언)'에 해당한다.

그런데 '강'이란 무엇일까? 생각해 보면 불가사의하기까지 하다. 눈앞에서 흐르는 강에 대해 "강이란 무엇인가?"라고 묻게 되면, 생각이 '강의 본질'로 향하게 된다.

하지만 강의 본질이란 강 자체에 있는 것이 아니다. 강을 '생각하는' 우리 인간의 마음에 있다. 결국은 그것을 '묻는' 인간 자신에게 있다. 그러므로 강의 의미는 결국 '인간의 의미'라고 본다. 강의 의미를 묻는 인간 그 자신 속에 이기 '강이란 무엇인가?'의 답이 들어 있는 것이다.

이 글에서는 강의 의미를 물으면서, 그것이 문학과 어떻게 연결되어 있는 지를 살펴보고자 한다. 말하자면 '강과 문학' 그 사이에서 서성이는 인간 또는 인문적 서사가 될 것이다.

천(千)의 얼굴을 한 '강'

강은 여러 모습을 보여준다. 아래에서는 강이라는 주제를 두고 몇 가지의 이야기로 나누어서 전개하는 이른바 '옴니버스' 방식으로 서술하고자 한다.

강 ①—생명의 젖줄

『관자(管子)』「수지(水地)」 편에서는 물의 중요성을 이렇게 말한다.

물이란 무엇인가? 만물의 근본[根菀]이며, 모든 생명의 종실(宗室)이다. 아름답고 추한 것, 현명하고 못난 것, 어리석고 뛰어난 것이 나오는 곳이다. 물이란 땅의 혈기로, 마치 (혈기가 몸의) 근맥을 유통하는 것과 같다. 그러므로 "물은 (모든 사물의 바탕이 되는) 재료[具材]이다"라고 한다. [4]

물은 서양의 고대에 탈레스가 만물의 근원(아르케)을 '물'이라고 했듯이, 그리고 최근 발견된 중국 고대의 죽간 자료 『태일생수(太一生水)』 편이 '물'에서 '위대한 미분 상태의 하나[有, 있음]가 생겨났다고 명시하듯이, 물은 모든 존재의 근원[=道와 같은 존재]으로 간주된다.

보통 신화에서는 모든 것은 카오스로 흘려보내기도 하고, 사악함을 정화시켜 재생하는 존재이다. 풍수지리에서도 물은 (플러스면에서건 마이너스의 면에서건) 대지에 기운을 공급하는 이른바 우리 몸의 혈맥 같은 존재로 본다. 혈맥은 생명을 가진 존재들의 '젖줄'이다.

인간은 강이란 젖줄에 매달려 살아가고 있는 것이다. 강이 멎으면 젖줄이 멎고, 강이 병들면 만물이 망한다. 해월 최시형은 법설(法說)의 「천지부모(天地父母)」 조에서 이렇게 말한다.

부모의 포태(胞胎)가 곧 천지의 포태니, 사람이 어렸을 때에 그 어머니 젖을 빠는 것은 곧 천지의 젖이요, 자라서 오곡을 먹는 것은 또한 천지의 젖이니라. 어려서 먹는 것이 어머님의 젖이 아니고 무엇이며, 자라서 먹는 것이 천지의 곡식이 아니고 무엇인가. 젖과 곡식은 다 이것이 천지의 녹이니라. [5]

---

4) 『海月神師法說』,「天地父母」: 父母之胞胎, 卽天地之胞胎, 人之幼孩時, 唆其母乳, 卽天地之乳也, 長而食五穀, 亦是天地之乳, 幼而哺者非母之乳而何也, 長而食者非天地之穀而何也, 乳與穀者是天地之祿也.
5) 水者何也, 萬物之本原也, 諸生之根菀也, 美惡·賢不肖·愚俊之所生也, 水者, 地之血氣, 如筋脈之通流者也. 故曰 : 水, 具材也.

‘천지=부모’로 보고 ‘강물=젖줄’에 기댄 인간의 삶을 이야기하는 대목에서 인간이 결국 ‘지구적 존재’임을 자각케 해준다. 인간이 그 부모의 젖줄을 떠나 살 수 없듯이 천지 즉 대지−지구의 물길인 강을 떠나서는 살 수 없는 것이다. 이정록은 「강」에서 말한다.

너 낳고,
젖통이 고드랫돌처럼 굳는 거여 몇날 몇밤 뜨건 수건으로 싸맸다 풀었다,
(중략) 어찌어찌 다시 젖이 돌아 그 상처투성이를 빨고 네가 이만큼 장성했다만, 그래서 네가 선생질에다가 글쟁이까지 하는가 싶다 분필이나 펜대 놀리는 거, 그게 다 남의 피고름 빠는 것 아니것냐?
어디, 구멍 숭숭 뚫렸던 젖통 한번 볼 겨?

이정록, 「강」 부분(『정말』, 창비, 2010)

‘강=엄마의 젖줄’에 매달린 우리 삶의 애달픔을, 그리고 젖을 먹여주는 모친의 그달픔과 아픔을 절실하게 느끼게 한다.

강 ②−‘액체화된 시간’을 담은 공간

강은, 만물의 바탕이 되는 물을 온갖 곳으로 나르는 공간적 형식이다. 그래서 신체의 혈관이나 기맥(氣脈)과 같은 존재다. 그것은 〈시내=천(川)〉과 〈바다=해(海)〉의 ‘사이’에 존재하는 큰 물길이다.

계곡의 물들이 시냇물을 이루고, 시냇물은 강을 이루며, 강은 다시 바다로 간다. “시냇물 흘러서 가면 넓은 바닷물이 되듯이”(장현 노래, 「나는 너를」 부분) “강물이 모두 바다로 흐르는”(천상병, 「강물」 부분) 것을 우리는 안다.

강의 물길은 일단 공간적인 것이다. 강은 이곳[此岸]과 저곳[彼岸]을 가른다. 황하의 넘실대는 물결 앞에 서서, "아름답다, 강물이여. 저렇게 출렁대는 구나! 내가 이 강물을 건너지 못함은 운명이로다!"라며, 뜻을 펴지 못하고 강 건너편을 쳐다보며 돌아서서 탄식하던 공자의 체념 어린 눈물도 떠오른다. 중국 고대의 시가집 『시경』의 "장강에 강물이 갈라지듯 / 그 사람 떠나가네 / 나를 거들떠보지 않네(江有汜, 之子歸, 不我以)"[6] 에서 보듯, 강을 따라 떠나는 연인 사이의 그리움도 있다. 강은 일단 길이와 넓이(폭)를 갖고, 이곳저곳을 경계 짓는 공간이다. 이처럼 이곳에서 그리운 저곳으로 건널 수 없을 때 드러나는 회한의 강. '저 언덕에 도착하다(到)' '이르다(到)'는 '바라밀다'(波羅蜜多: paramita)는 강을 중간에 두고 이쪽(번뇌의 세계)에서 저쪽(깨달음의 세계)을 그리워하며 '건너려고' 노력하는 우리 네 모습을 잘 보여준다.

그러면서 강은 흐름의 경과로서 시간을 알려준다. 공자가 시냇가에 말했던 "흘러가는 것이 이와 같구나. 밤낮을 거르지 않는구나!"[子在川上曰, 逝者如斯夫, 不舍晝夜](『論語』「子罕」)라는 말은, 물의 흐름에서 '시간의 변화'를 직관하고 있는 대목이다. "끊임없는 광음(光陰)을 / 부지런한 계절(季節)이 피어선 지고 / 큰 강(江)물이 비로소 길을 열었다"(이육사, 「曠野」 부분)처럼, 강이 시간이다. 다만 강이 보여주는 시간은 물이라는 '액체화된 흐름'의 형식을 통해서이다. 부단한 유동을 통해 시간은 그 경과를 알려준다.

이렇게 강은 시간일 뿐만 아니라 넓이−길이−깊이라는 가시적인 공간적 형식으로서 있다. "경상도와 전라도를 가로지르는 섬진강"(조영남이 부른 노래 「화개장터」 부분)이나 "국경의 강… 이곳의 강은 아주 좁았다. 그 폭이

500미터도 채 되지 않았기에"(이미륵, 『압록강은 흐른다』에서)[7] 처럼 말이다. 강이란 존재는 '액체화된 시간을 담은 공간'이다. 참고로 우리나라에서는 보통 큰 하천을 강이라 한다. 그러나 중국에서는 다르다. 남쪽은 양자강(揚子江. 長江)처럼 '강(江)'이라 하고, 북쪽은 황하(黃河)처럼 '하(河)'라고 한다.

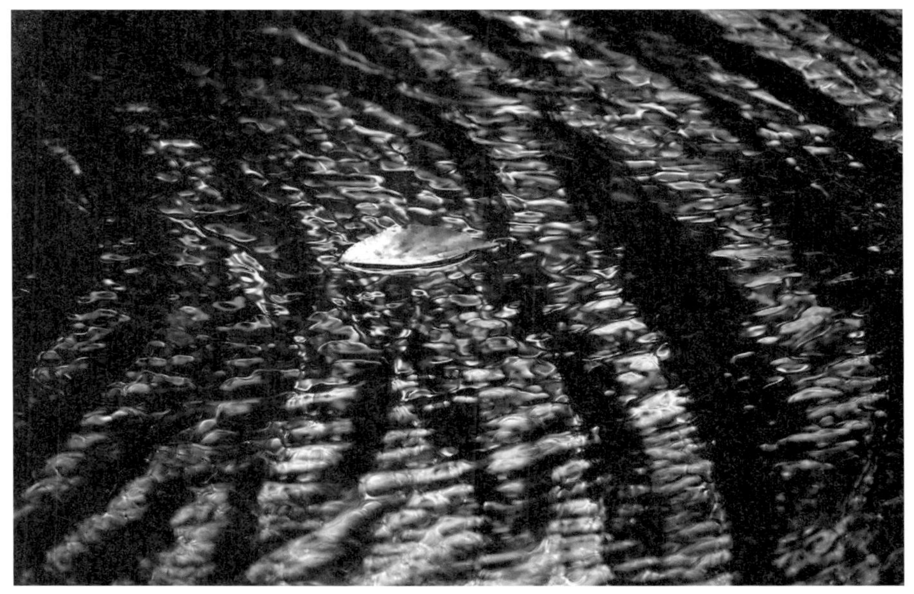

흘러 흘러ⓒ원춘호

강 ⑧-산(山)과 다른 물, '흐름, 수평, 새로움'

어진 사람은 산을 좋아하고(仁者樂山), 지혜로운 자는 물을 좋아한다(知者樂水)는 말이 『논어』 이래로 관용구화 되었다.

어진 사람[仁者]은 조용히, 묵묵히, 스스로를 갈고 닦으며, 묵직한 덕성을 간직하는 데 노력한다. 결국 '덕 있는 사람'(=큰 바위 얼굴)은 부단한 변화보

---

7)이미륵, 『압록강은 흐른다』, 박균 옮김. (살림, 2016), 216쪽.

다도 자신에게 집중하며, 한량없는 무게와 무한한 수직적 깊이를 지닌 내면 성장을 향해 수행을 거듭해 간다. 자리를 바꾸거나 옮겨 다니지 못하는 산(山)은 이런 인간의 모습을 은유한다. 산은 움직이게 되면 허물어진다. 물론 '강과 산은 철 따라 경치가 변하여[景物] 늘 새롭다'는 '강산경물신(江山景物新)'이라는 말도 있긴 하다. 산은 그 자리에서, 그 본래의 모습을 지키면서 겉은 사시사철 변한다. 그렇다고 그 본질이 변하는 것은 아니다. 산이나 산악지역에서는 엄격하게 도덕적 규칙을 따르는 리고리즘(rigorism), 게르만풍의 경건주의[=敬] 같은 것을 떠올리는 것도 이 때문이다.

이에 대해 지혜로운 자[知者]는 바깥을 향해 눈을 돌리며, 항상 새롭고 신기한 것에 관심을 기울이며, 색다른 사물을 관찰하고 습득하는 것을 갈망한다. 한곳에 고여있지 않고, 유동해 간다. 물은 수평적으로 펼쳐지며 이리저리 세상을 흘러 다닌다. 지혜로운 자는 세상의 넓이와 사물의 다양성에 주의하고, 살피며 부지런히 관찰하며 그 양을 확장하는데 주의를 기울인다. 물은 흐름을 잃으면 썩게 된다. 물은 무언가를 계속 지키려는 보수가 아닌 늘 새롭게 변화, 개혁해 가려는 진보적 태도를 보여준다. 라틴풍의 생기발랄함, 경쾌함을 물에서 읽어내는 것은 이 때문이다. 강은 바로 이 물의 자식이고 가족이다.

강 ④ – '순간적 소멸성·순간적 존재성', '부정-긍정', '즉비(卽非)'를 본다
수류화개(水流花開)가 말하듯, 물은 '흐르는' 속성에, 꽃은 '피는' 데 매력이 있다. 흐르고 피는 것은 '희망과 긍정'[常]의 모습도 있지만, 다시 그 자리로 돌아올 수 없다는 '절망과 부정'[無常]의 의미도 갖는다. 흐르는 '강'에서도 '부정-긍정 / 혼돈-질서 / 디오니소스적-아폴론적'임을 반복하는 생명의 외경과 신비를 여실히 살필 수 있다.

강은 '흐르는 것'이다. 흐른다는 것은 '변한다는 것'이고, 변한다는 것은 두 번 다시 같은 순간이 오지 않는다는 것을 말한다. 마치 같은 강물에 두 번 발을 담글 수 없듯이, 우리가 바라보는 강물은 매번 다른 물일 뿐이다.

그렇다면 흐르면서 흐르지 않는 것이다. 왜냐하면 흐른다는 것이 가능하려면 동일하다는 것을 전제해야 하기 때문이다. 매 순간 흐름의 내용이 다르다고 한다면 그것은 '흐른다'고만 할 수 없고 '흐르면서 흐르지 않는다'고 이야기해야 할 것이다.

이처럼 강물의 흐름은 매 순간 같은 것이 아니기에 무상(無常)한 것이다. 무상하기에 애달프고 또 아름다운 것이다. 무상이란 '덧없는 것'이다. '덧없다는 것은 두 번 다시 더 반복할 수 없는 것을 말한다. '덧버선', 덧니', '덧 칠'처럼 '덧'은 하나 / 한 번 더 있는 것인데, 이런 '덧'이 없는 것이 강물의 흐름이다.

찰나 성-멸하는 이른바 '찰라생, 찰라멸'의 진실을 강물에서 본다. 무상한 생멸을 통해서 소극적으로 '죽음의 고뇌'에 머무는 것이 아니라 적극적인 '깨달음의 순간' 그 희열이나 가치를 끌어낼 수 있는 것이다. 한순간도 자기동일성(아이덴티티)를 유지할 수 없기에 "순간적 존재성"은 "존재의 약동하는 생동성"을 가능하게 만든다. 다시 말해서 "존재의 생동성을 가능하게 하기 위해서는 존재는 순간적으르 소멸해야 한다." 무상의 개념을 이렇게 '순간적 소멸성·순간적 존재성'으로 변환한 인도철학의 빛나는 지성 다르마끼르띠(600~660)의 생각처럼 '순간적 존재'[8]를 강에서 배운다. '순간즈 존재'인 강-강물의 의미를 논증하는 것은 '존재하는 것은 모두 찰나적인 것이다'라는 것을 논증하는 '찰나멸논증'과도 같은 것이다. [9]

---

8)이에 대해서는 타니 타다시, 『무상의 철학』, 권서용 옮김, (산지니, 2008), 43-44쪽 참조.
9)이에 대해서는 우제선 역저, 『찰나멸논증』, (소명출판, 2014) 참조.

모든 생명은 변화한다. 그래야 한다. 한순간도 고정돼 있지 않아야 한다. 절대로 같은 상태를 지속하지 않아야, 늘 덧없이 무언가를 떠나보내고 바꾸고 갈아치워야만 새롭게 스스로를 존속, 유지해 갈 수 있는 것이다. 살아있다는 것은 부단히 달라진다는 것이며, 순간순간 스스로를 부정하며 새롭게 긍정해 내는 일이다.

다르게 말하면 〈어떤 것 '이다'〉(A)는 사실은 부단히 〈어떤 것이 '아니다'〉(~A)라는 '자기부정'을 통한 '생성-변화'이다. 그래야만 '나'(=자체, 자신)라는 아이덴티티를 유지할 수 있는 것이다.

이처럼 '이다' = '아니다'(A=~A)는 논리는, 다르게 표현하면, 'A는 곧 A가 아니다'[=A卽非A]라는 이른바 '즉비(卽非)'의 논리이다. 살아있다는 것은 늘 저 자신을 버리고 바꾼다는 말이므로 순간순간 죽으면서 산다는 말이다. 수운 최제우가 말한 '불연기연(不然其然)' 즉 "그렇지 않다(부정), 그렇다(긍정)"의 반복 아닌가. "그렇다-아니다" 혹은 "아니다-그렇다"는 것은 '혼돈-질서'를 뜻하며, "있지만 살아있지 않음" 혹은 "살아있으나 살아있지 않음"10) 을 뜻한다.

죽음(다름-달라짐 : 차이)을 바탕에 깔지 않고서 삶을 지속(보존-유지 : 반복) 하는 것은 없다. 생명은 이처럼 신비롭고도 외경(畏敬)스런 것으로서 동일성을 유지한다.

강은 인간의 삶에서 발견하는 '순간적 소멸성·순간적 존재성' = '무상', '즉비'의 논리, '차이-반복', '부정-긍정'의 실상을 잘 보여준다.

---

10)이에 대해서는 타니 타다시, 『무상의 철학』, 권서용 옮김, (산지니, 2008), 43-44쪽 참조.

강 ⑤ - "눈 감으면 떠오르는" 그 인지적 유동

강은 나의 바깥에서, 그리고 내면에서도 흐른다. 아니 가까운 곳에서, 그리고 저 먼먼 곳에서도 흐른다.

사실 눈앞에 있다고 더 잘 보는 것은 아니다. 보들레르가 「창(窓)」이란 시에서 "열린 창문 안을 밖에서 바라보는 사람은 닫힌 창을 바라보는 사람만큼 많은 것을 보고 있는 건 결코 아니다."[11] 라고 했듯이, 강도 그렇다. 강은 가까이서 보면 도리어 더 안 보인다. 멀리서, 혹은 눈을 감고서 보아야 비로소 보이는 진실이 있다.

"눈 감으면 떠오르는 고향의 강 / 지금도 흘러가는 가슴속의 강" (남상규 노래 「고향의 강」 부분)처럼, 눈을 뜨고 보는 것보다 눈을 감아야 더 잘 보이는 강이 있다. 눈앞의 물리적 강이 아니다. 마음속의 강인 것이다.

강은 마음의 상상과 은유 작용을 통해서 이곳저곳으로 유동한다. 이리저리 시간과 공간을 넘어 옮겨 다닌다. 때론 다른 것들과 겹치면서, 들판이나 도시를 가로지르거나 온 세상을 빙빙 둘러서 떠났다가 다시 돌아와 문득 흐르기도 한다.

이처럼 강은 그냥 지리적 환경 속의 강이 아니라 심리적 상상력에 힘입어 유동한다. 사실 이 유동의 원동력은 상상력이 '언어'를 만나서이다. 언어에 의해 강은 새롭게 거듭나기도 하지만 반대로 언어 때문에 인간으로부터 멀어져 갔다. 강은 시어(詩語)에 의해 거듭나기도 하지만 시의 언어에 의해 소외돼 버리고 말았다. 강을 표현하는 도구로서의 언어가 강 그 자체로 인식되는 순간 본말은 전도되고 말았다. 언어의 유희는 사물의 영혼을 희롱

---

11)C. 보들레르, 『惡의꽃』, 丁奇洙 譯, (正音社, 1974), 270쪽.

하고 귀신들이 설 자리마저 빼앗아 버린다. 플라톤의 『파이드로스』에서는 '글'을 '파르마콘(parmacon)'이라 부른다. 기록의 문자라는 것은 '살아 있는 지혜'를 '죽은 지혜'로 변질시키니 '파름'(약=치료제)이자 '아콘'(병= 질병)인 셈이다. 약 주고 병 주는 얄궂은 존재이다. 그래서 『회남자』에서 "문자가 탄생하자 귀신이 곡했다"는 것도 이런 대목을 말해주는 것이다.

강을 직접 만나는 길은 언어를 잃어버려야 열린다. 시(詩)마저도 잊어버리고, 몸만의 감각으로 직접 강에 다가서는 일이다. 그러나 어쩌랴. 몸은 강을 '경험+감성+지식+습관' 등에 따라 상상해 낸다. 그래서 강은 사람의 몸을 닮아서 흐른다. 강이라는 대상이 시나 문학으로도, 예술이나 철학이나 음악으로도, 종교나 정치로도, 역사와 문화로 상상되어 표현된다. 낙동강, 압록강, 섬진강, 한강 등이 단순히 어느 한 장르에서만 논의될 것은 아니다.

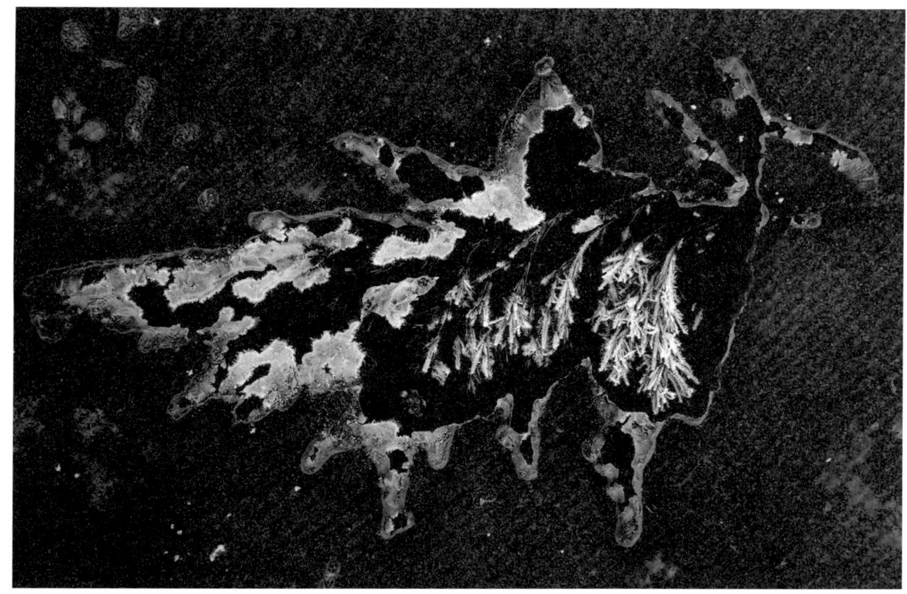

서리꽃ⓒ원준호

묵상과 성찰 속에서, 기억과 회상 속에서, 추억과 추념 속에서 강은 흐르다가 멈추고 멈추었다가 다시 흐른다. 가슴과 눈물 속에서, 감성과 회한 속에서 문득 나를 그 강물에 젖어 들게 만든다.

이와 같이 강은 인지적으로 유동해 가며 스스로의 살과 피, 피부와 근육, 손과 발…온몸으로 변해 결국 '내(=나 자신)가 되어 흐른다.' 예컨대 박재삼의 「울음이 타는 가을 강」을 읽다 보면, 강이 곧 나이고, 내가 곧 강이 된다. 그러다가 어느새, 바다에 가서 닿아. 이것도 저것도 모두 눈물로 모여 하나의 짠물 맛(一味)이 되어 간다.

마음도 한자리 못 앉아 있는 마음일 때,
친구의 서러운 사랑 이야기를
가을 햇볕으로나 동무 삼아 따라가면,
어느새 등성이에 이르러 눈물나고나.

제삿날 큰집에 모이는 불빛도 불빛이지만,
해질녘 울음이 타는 가을 강을 보겠네.

저것 봐, 저것 봐,
네보담도 내보담도,
그 기쁜 첫사랑 산골 물소리가 사라지고
그다음 사랑 끝에 생긴 울음까지 녹아나고,
이제는 미칠 일 하나로 바다와 다 와가는,
소리 죽은 가을 강을 처음 보겠네.

박재삼,「울음이 타는 가을 강」 전문(   )

결국 강이 흐르는 것이 아니라 내가 흐르고 있는 것이다. 강은 인간의 몸을 닮아, 아니 몸이 되어 움직이는 것이다. 강은 물리적 존재로서, 의식 속에서, 무의식 속에서, 꿈속에서, 가슴과 피부로 흘러 다닌다. 희미한 생각과 생각을 딛고 유동하기에 강에 대한 '의식'은 물질적인 것이 아니라 무한히 열려 있고 빛처럼 스스로를 드러낸다. 다르마끼르띠가 주장하듯 의식과 물질은 서로 다른 본질을 가지지만[12], 강은 몸을 매개로 물질과 의식 사이를 흐르며 문학과 예술을 잉태해 낸다.

강 ⑥-씻음, 씻어냄, 흘려보냄 : 재계, 주술, 심판

물은 흘려보내고, 무언가는 씻는-씻어내는 액체이다. '목욕재계(沐浴齋戒)'라는 말에서 알 수 있듯이, 수행(修行)에서 재계의 전제 조건은 '몸을 씻는 일'부터 시작된다.

강은 '씻김굿'처럼 '씻음, 씻어냄'을 비롯하여, 무언가를 '흘려보내는 것'을 담당한다. 이것은 '해원상생(解冤相生)'처럼 모든 것들의 '상생'을 위한 원한을 푸는 일종의 '해원' 행위이다.

강은 재계 같은 종교적 주술적 장소이자 소거나 제거 같은 처리의 장소이다. 먼저 강은 무언가를 씻고 퍼다 버리는 곳이다.

우리가 저와 같아서
강변에 나가 삽을 씻으며
거기 슬픔도 퍼다 버린다
정희성, 「저문 강에 삽을 씻고」 부분

---

12)에반 톰슨, 『각성, 꿈, 그리고 존재』, 이성동·이은영 역, (씨아이알, 2019), 133-4쪽 참조.

그리고 강은 목욕재계하는 종교적 의식의 장소이기도 하다. 공자가 제자들에게 소원을 물었을 때 아울러 강은 목욕재계하는 주술 및 종교적 장소이기도 하다.

『논어』의 잘 알려진 이야기이다 : 증점(曾點)이 이렇게 대답했다. "기수(沂水)에서 목욕을 하고 무우(舞雩)에서 바람을 쐬고 나서 노래를 부르며 돌아오고 싶습니다."

이처럼 강은 목욕재계의 주술적, 종교적 장소이기도 하다. 물에다 몸을 담그는 행위는, 갠지스강에 몸을 씻는 의식처럼, 죄를 씻어내고 번뇌를 털어버리고 아울러 신성한 땅(대지)에 '닿는, 합일하는' 우주적 의례라 볼 수 있다. 수신(修身)의 '수'도 몸의 부정(不淨), 악, 구습(舊習)을 씻어내고 거듭난다는 의식을 배경에 깔고 있다. 마치 기독교의 세례가 '죄를 용서 받고 교회의 일원이 되어 교회 생활에 참여할 수 있는 자격을 부여하는' 의례인 것처럼 말이다.

아울러 강은 미래를 예측하는 주술적 장소이다. 예컨대『시경』에서 "솟구치는 물결 / 한 다발 나무도…싸리도…갯버들도 흘려보내지 못해라(揚之水, 不流束薪…束楚…束蒲)"13) 라고 말하는 것처럼, 무언가를 띄워 보내고 그것이 잘 '흐르고(流) 안 흐르고(不流)'를 보고 길흉을 점치는 '점술 행위'의 흔적을 살필 수 있다,

사실 이런 행위는 아래의 유행가에서처럼, 현대에도 존속한다.

---

13) 『詩經』「國風·王風」의 '揚之水'.

흐르는 저 강물에 띄워 보낸 꽃잎 편지
고운 사연 적어서 그 님에게 띄웁니다
아름다운 강마을에 버들잎이 싹이 틀 때
오신다는 그 님을 그리워 못 잊어 띄워 보낸
첫사랑의 꽃잎 편지

조미미 노래 「꽃잎 편지」

물 위에 버들잎을 띄우고 그것이 어떻게 흘러가는가를 살펴보고 또한 잘 이루어지기를 염원하는 것은 위의 『시경』의 상황과 맥락이 통한다. 강물에는, 마치 카드나 동전, 주사위 같은 것을 던져서 점을 치는 행위 같은, 주술이 이루어지는 공간이기도 하다.

마지막으로 '법(法)'이란 글자에서 보듯이, 강은 제거해야 할 대상을 떠나보내는 심판의 장소이기도 하다. 법의 고자(古字)는 '灋(법)'이다. 이 글자는 '삼 수 변[氵]'에다, '머리에 외뿔이 있는 짐승 해치(解廌)(해태라고도 한다)', 그리고 그 밑에 '갈 거(去)' 자로 구성되어 있다. 머리에 뿔이 달린 '해치'가 죄인을 '물'에 빠트려 '떠나 보내는', 죄를 심판하는 역할을 하였다는 데서 유래했단다. 현재의 법 자는 옛날 글자에서 치(廌) 자를 생략한 것이다.

강 ⑦-여성성, 부쟁(不爭)의 덕

물은 남성적이라기보다 여성적이다. 남성성이 아니라 여성성을 은유한다. 강도 마찬가지이다. 김정구가 부른 노래 「낙동강 칠백 리」 가사에도 강은 '어머니-젖꼭지' 같이 여성성 혹은 여성의 신체(←젖꼭지)로 묘사된다.

달빛 아래 칠백 리

봄철마다 울리는

아름다운 노래여

만백성을 기르는

영원한 어머니여

그대의 젖꼭지에

세월은 흘러갑니다.

물은 이성보다는 감성, 정신보다는 살과 피부처럼 몸에 가깝다. 그래서 물은, 마치 구스타프 크림트의 그림 '다나에(Danae)'에서 볼 수 있듯이, 연정(戀情)과 같은 에로티시즘의 연상작용을 일으키기도 한다.

물이 '향하는 자리'는 높은 곳이 아니라 '낮은 곳', 깨끗한 곳이 아니라 온갖 '낮고 더러운 곳'이다. 그래서 『노자』(왕필본 8장)에서는, "상선약수(上善若水) 수선이만물이부쟁(水善利萬物而不爭) 처중인지소오(處衆人之所惡) 고기어드(故幾於道)"라고 하였다. 즉 "최상의 선은 물과 같다. 물은 만물을 이롭게 하나 다투지 않는다. 뭇사람들이 싫어하는 곳(온갖 낮은 곳, 더러운 곳 등)에 처한다. 그래서 무위자연의 도(道)에 가깝다."고 하였다. 여기서 눈여겨볼 대목은 '부쟁'의 덕이다.

강은 계곡이나 바다와 함께 여성, 낮음, 부쟁을 상징하며 '유약하면서도 강한' 므위자연의 원리를 대변한다.

나오는 말

지금까지 옴니버스로 살펴본 대로, 강은 천의 얼굴을 하고 있다. 강은 그 자체로 하나의 크고 긴 이야기이자, 세계이며, 철학이었다. 1992년에 개봉한, 로버트 레드포드 연출의 영화 「흐르는 강물처럼(A River Runs Through It)」에 나오는 마지막 대사는 강의 여러 측면을 잘 이야기해 놓았다.

어슴푸레한 계곡에 홀로 있을 때면,
모든 존재가 내 영혼과 기억, 그리고
빅 플레풋강의 소리, 4박자 리듬,
고기가 물리길 바라는 희망과 함께,
모두 하나의 존재로 어렴풋해지는 것 같다.
그러다가 결국 하나로 녹아든다.
그리고 강이 그것을 통해서 흐른다.
강은 대홍수로부터 생겨나서
태초의 시간부터 바위 위를 흘러간다.
어떤 바위 위에는 영겁의 빗방울이 머물고,
바위들 밑에는 말씀이 있고,
말씀의 일부는 그들의 것이다.
난 강에 넋을 잃고 있다.

여기서 보면 강에는 '모든 존재가 어렴풋이 하나로 되어 가는' 근원적 합일의 장소임을 말해준다. 그 속에는 영혼과 기억, 강이 내는 소리, 사람들의 행위가 갖는 리듬, 희망이 모두 녹아있다. "하나의 존재로 어렴풋해지는" 것은 질서와 혼돈, 아폴론적인 것과 디오니소스적인 것이 하나로 합쳐진다는 말이다.

그런데 강에는 "어떤 바위 위에는 영겁의 빗방울이 머물고, 바위들 밑에는 말씀이 있고, 말씀의 일부는 그들의 것"이라 했듯이, 자연이 만들어 준 거시적인 이야기와 그 자체가 만들어 낸 미시적인 이야기가 혼연일체가 되어 있다.

불교를 예로 든다면, 불교 수행이 석가모니라는 그분의 말씀을 믿고 따르는 일이면서도 궁극적으로는 자기 자신이 부처가 되는 일인 것처럼, 강에도 우주 자연이라는 '그 (위대한) 분'의 이야기와 '강 자체'의 이력이 갖는 이야기가 '겹쳐 맞물려' 있다.

이런 문제를 낙동강에 비추어 볼 수 있다. 낙동강 또한 우리나라 지형과 맞물린 큰 이야기와 낙동강 내에서 파생된 작은 이야기로 이루어져 있다. 이 둘을 합치면 '사람과 사물, 자연과 역사, 이성과 감성, 생태와 인문' 등등의 어마어마한 '이야기 보따리'의 다발인 셈이다. 독일에는 그림(Grimm) 형제의 이야기를 주제로, 여러 길을 엮어 수백 키로나 되는 장편 서사 로드를 만들어 두었다. 낙동강도 '칠백 리' 서사의 길을 엮고, 열어갔으면 좋겠다.

어디에도
속하지 않을
권리
최재목

제3부 비평의 눈

권유미 작가의 달항아리를 보며

상원(上元) 130×130cm ⓒ권유미

상원(上元) 116.8×91cm ⓒ권유미

달을 꿈꾸다, '황금빛 태양을 품은'

　간결-절제의 꽃이 화려-우아의 자개 도자기 품에서 천진난만 웃고 있었다. 마치 아이를 포근히 껴안은 어머니처럼, 해맑은 꽃이 세상의 가장 따스한 구석에 안겨 깔깔댔다. 세상에서 가장 행복한 글자 '호'(好) 자처럼, 자개 도자기 라는 모성[女]이 꽃이라는 여린 새로운 생명[子]을 편안히 품고 있었다. 이제까지 작가의 애틋한 무언의 이야기는 이랬다.

그런데 이제 그 아이가 보이지 않는다. 작가의 새로운 변신일까. 황금빛 자개 도자기만 남고, 꽃은 떠났다. 아니 항아리도 떠나고 차츰 달만 남을 듯하다. 일렁이는 달빛 같은 자개의 흰 깃털드 황금색 피부로 둔갑했다. 대담 솔직한 작가의 이야기가 시작된다.

애당초 꽃은 자개 도자기의 화신(化身)이었다. 작가가 품은, 지상에는 없는 추상−절대의 그리움을 잠시 구상−구체화한 것이었다. 이제 작가는 과감하게 꽃을, 다시 자개 도자기마저 지우고, 황금색을 입히려 한다. 이래서 끝내 황금색 달만 남겨놓을 듯하다. 작가는 고백한다. 자개 항아리는 달의 화신이었고, 꽃은 달 속의 옥토끼였다고! 털빛이 하얀 토끼가 황금 달빛 속에 숨자, 달은 홀로 생명 활동을 시작했다. 이제 달은 태양마저 품어 스스로 태양이 되려 한다.

달의 변신, 지상의 모든 감정을 담다

달항아리의 표면은 자개 도자기이지만 작가는 생멸과 감정을 부여한다. 태양은 고정되어 변모가 없다. 그러나 달은 반달, 눈썹달, 보름달처럼 생리가 있다. 달은 태양에 수반되어 은은히 빛을 반사한다.

달의 완성은 곧 몰락을 은유한다. 그러나 그것은 다시 완성을 향해간다. 상촌 신흠이 '월도천휴여본질(月到千虧餘本質)'이라 했듯, 천번 만번 이지러지나 그 둥근 형식은 여전히 살아남아 항아리같이 둥실둥실 떠오른다. 달은 스스로 빛나려 하지 않는다. 태양에 수반된 존재이기 때문이다. 하지만 작가가 그려낸 항아리 달은 스스로 생동하는 태양처럼 빛난다. 달항아리는 '항아리 달'로, 다시 '해를 품은 달'로 유동한다.

작가는 낱낱의 자개에다 일일이 생명을 부여한다. 거친 듯한 역동적 황금빛 숨결은 이리저리 사람들의 시선을 이끌어서 태고의 신화와 천상으로 안내하기도 한다. 그러다가 다시 차분하고 냉정한 이성과 조화의 지상 세계로도 안내해 준다. 모두 달의 '날숨=호, 들숨=흡'의 표현이다. 작가는 생명의 현실인 '숨'을 빛과 그늘이라는 질감으로 우아하게 '결'로서 붙들어 낸다.

달, '나'라는 희망과 애달픔이라는 물음

보르헤스는 「달」이란 시에서 말했다. "날마다 길모퉁이 바로 돌아, / 달이 하늘에 솟아 있었네. // 나는 아네. / 달 혹은 〈달〉이라는 단어는 / 여럿이고 하나인 기묘한 존재⋯."

하늘의 달은 하나이나 사실 여럿이다. 월인천강(月印千江), 하나의 달이 이 강 저 강에 수없이 비치듯이. 강만이 아니다. 호수에도 바다에도, 그리고 나와 너의 마음속에도 언제나 떠 있다. 어쩌면 '달'은 같으면서도 다르고, 다르면서 같은 인간과 세상의 모습을 가장 적절하게 개념화 한 것이리라. 중요한 것은 작가의 '달항아리'='항아리달' 속에서도 달은 뜨고 진다는 것이다. 그리고 그것은 '해를 품은 달'로 스스로 해가 되어 세상을 비추려는 희망의 서사인 것이다. 그러나 달이 해가 되는 순간 지상의 이야기는 천상으로 향한다. 늘 이곳이 아니라 저곳을 향하는 인간의 얄궂은 시선을 작가는 놓치지 않고 붙든다. 영원한 존재가 되고 싶은 꿈. 생멸하는 무상의 세계를 영원의 시간 속으로 되돌려 놓는 일에 작가는 매진한다.

끝내 작가의 달은 태양과 동의어가 된다. 황금빛 자락을 세상에 드리고픈 저 하늘의 달과 그리고 '달'이라는 개념(언어) 사이에서 서성이는 삶은 무엇 일까? 작가는 우리에게 묻는다.

내면의 견처(見處), 내경(內景)을 읽고, 쓰다
김병태 작가의 사진 세계에 대해

Blue Moonⓒ김병태

　케냐의 초원풍경과 빛·어둠 앞에 서서 작가는 처음 대지의 경이로움을 찾아 나섰다. 바깥을 향한 응시는 '눈'을 믿는 것이다. 눈은 늘 바깥을 향한다. 눈은 빛을 믿고, 빛이 보여준 세계와 형체를 믿는다. 눈을 감아야 보이는 거대 우주의 고요, 그 원초의 암흑을 일단 잊어버리그, 빛의 환상과 환희를 믿는다. 빛에서 모양이 나오고, 소리가 나오고, 움직임이 나온다. 그것은 대지의 말씀이다. 처음 작가는 이런 빛의 세계가 만든 바깥의 형상 세계로 향했다.

　그러나 이런 바깥은 하나처럼 보이나 여럿이다. 지평선 위의 하늘과 아래의 땅은 형식이다. 그 사이에 물상이 펼쳐진다. '점'에서 '선'으로, 다시 '면'으로 '입체'로, 유동하는 '구체적 개별 생명체'로 나아간다. 작가는 빛과 바깥의 세계에 이어, 다시 이것을 보게 된다.

그런데 유동하는 생명체는 신체와 얼굴을 갖는다. 물론 그것은 거대 우주의 고요, 그 원초의 암흑을 벗어난 것이 아니다. 검은 대지는 동일한 색의 신체와 얼굴로 어둠을 헤치고 자신을 드러낸다. 눈동자를 감았던 대지. 그것은 눈을 떠서 얼굴을 갖는다. 그 귀착지(歸着地)는 사람의 얼굴이다. 감은 눈에서 뜬 눈으로! 김병태 작가는 대지를 '사유하는 몸'으로 만들어 갔다. 드디어 케냐의 대지는 신체를 갖고, 얼굴을 갖고, 눈을 떴다.

아니, 감았다 떴다 하며 스스로 사유하기 시작한다. '보여지는' 세계에서 '스스로 사유하는' 세계로, 자신의 안목을 가진 능동적 세계로 작가는 케냐의 풍경을 재해석하게 된다. 그것은 대지의 말씀과 몸에서 스스로의 목소리와 눈동자로 바꾸는 작업이다.

여기서 머물지 않고 작가는 한 걸음 더 나아갔다. 아니, 두 걸음을 더 물러섰다. 이 말이 맞다. 눈 그 안쪽, 눈동자의 안쪽으로 물러섰다. 렌즈를 아예 떼버리고 내면으로 쑤욱 들어서고 만 것이다. 카메라를 버리고 마음으로 들어섰다는 말도 된다. 불교에서 말하는 견처(見處) 즉 깨달음처럼, 하나의 전회(轉回)를 의미한다. 이제부터는 내면의 풍경=내경(內景)을 읽고, 쓰는 일이다.

진정한 것은 바깥에 있지 않다. 바깥은 순간순간 변화하므로 지금 본 것이 본 그대로의 것이 아니다. 바깥은 순간순간 변화하며, 늘 다른 것으로 바뀌면서 자신을 유지해 간다. 어떤 것(A)은 자신이 아니므로 하여(非A) 자신을 유지해 갈 수 있는(A) 것이다. 그래서 어떤 것은 어떤 것이 아니라는 말이다(A=非A. A=～A). 이 지상은 본 그대로 다 믿을 수 없다. 결국 다 허물어질 것들일 뿐. 그래서 그것은 유지된다.

　　그러나 허물어지고 남는 것은 원질(原質), 있는 그대로의 에너지와 물질의 흐름이 아닐까. 그것만이 영원한 것 아닌가. 있는 그대로! 세계 그 자체! 이것을 도가(道家)에서는 자연(自然)이라 하고, 불가(佛家)에서는 여여(如如), 진여(眞如), 진실(眞實), 여실(如實), 여래(如來)라 하고, 유가(儒家)에서는 일상(日常)이라고 한다. 변화하나 변화하지 않는 세계를 말한다.

　　오직 파동과 입자로만 유동한다. 작가는 이런 눈 바깥을 단절하고 이제 내면으로 들어섰다. 세계 그 자체를 만나게 된 것이다. 아니, 내면의 빛, 세계 그 자체의 빛을 만나게 된 것이다.

　　이곳은 방향도 없고, 형체도 없다. 영롱한 각양각색의 수많은 점으로 이루어진, 파동과 입자의 세계이다. 시간이 사라지고, 공간도 사라진, 그냥 있는 그대로에 편안해지는 곳을 들여다보게 되었다. 작가의 견처(見處) 즉 깨달음이 만난 것은 이런 곳이었다.

　　작가가 오랜 세월 걸어서 닿은 곳은 바로 자신의 내면의 풍경, 내경(內景)이었다. 당분간 김병태 작가는 이것을 읽고, 쓸 것이다. 시간도, 공간도 여윈, 눈으로는 도저히 찾아볼 수 없는 내면의 풍경, 그런 유토피아에 유유자적 머물며 열락(悅樂)을 맛볼 것이다. 자, 그럼 다시 작가가 향할 곳은 어디인가. 잘 모르겠다. 차라리 이런 생각마저도 잊고 머무는 동안, 다시 거기서 미학(美學)의 빅뱅이 일어나리라 믿는다.

우리 민족지의 고층(古層), 풍류를 초혼재생하다
양재문의 사진전에 부쳐

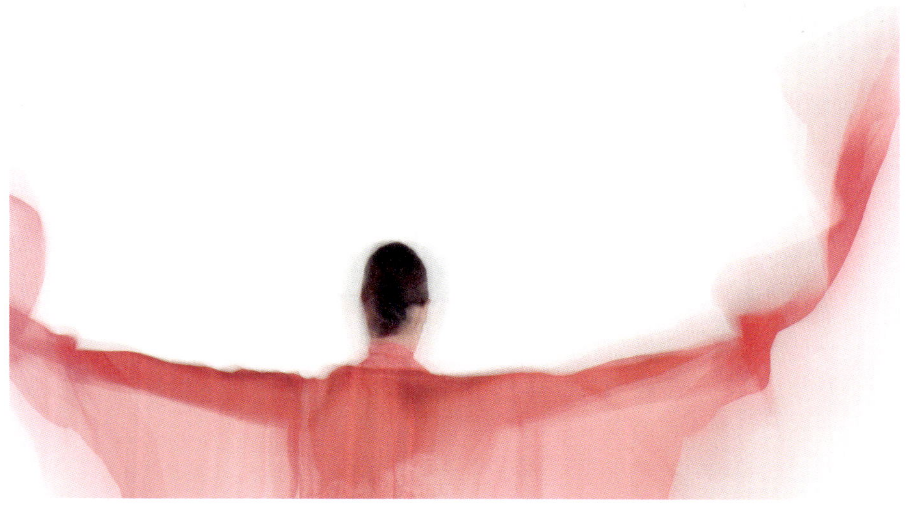

飛天夢_#01ⓒ양재문

소멸 · 상실을 초혼재생하다

나무를 태우는 불은 결국 스스로를 없애 버린다. 완성은 곧 소멸이다. 이처럼 춤의 목적은 그 자체를 불태워서 결국 스스로를 무효화하는 것이다.

춤은 자신을 태워서 광채를 드러내는 일이며 결국 지쳐서 스스로를 없애버림 으로써 끝난다. 이런 역설에서 살아남는 진실은, 〈춤은 그 자체로 '환(幻) = '마야(maya)'〉라는 사실이다. 춤은 환을 좇으며, 그것을 완성하고 죽어 간다. 춤은, 스스로를 불태우는 순간순간의 꽃잎을 서로서로 물고 있다. 그래서 처음도 끝도 없이 연결된 한 송이의 꽃이다.

바람 따라[風] 출렁이는[流] 형식

모든 존재는 결국 허물어진다. 허물어진 다음에는 다시 그곳으로 똑같게 되돌아갈 수는 없다. 매 순간 순간 존재들은 허물어지고 생성되며, 자신을

부정하면서 살아남는 것을 반복한다. 스스로를 상실하면서 복기(復棋)하는
이런 '존재'의 변화는 결국 '차이'를 반복하는 것이다.

그러나 그 반복 속에 '겹침'의 현상=환상이 동일한 무언가가 있다고 착각
하게 만든다. 그 존재는 흔적을 남기며, 자신의 위치를 알린다. 먼저, 움직임
이다. 다음으로, 이 움직임은 '드러나는 힘'고 '숨는 힘'을 갖는다. 드러 나는
힘은 또렷한 빛이자 색깔 즉 양율(陽律)이고, 숨는 힘은 그림자의 흐릿함과
모호함 즉 음려(陰呂)이다. 이 음양의 두 힘은 존재가 '바람 따라[風] 출렁 이며
[流]' 드러났다가 숨다가 하는 자연의 형식이다. 이 형식의 '신묘함[妙]'은 귀신
처럼 종잡을 수가 없다. 그러나 이런 신묘함을 뒤쫓는 집요한 작가가 있다.

양재문은 존재의 신묘한 형식을 '뒤쫓아=찾아' 보여주려고 한다. 마치 샤먼
[巫]처럼 자신이 본 신묘함을 우리에게 말해주고자=보여주고자 한다. 그는,
대지 위에 서서[壬], 천지의 소리를 '듣고[耳]'서 '입[口]'으로 전해주는 이
른바 샤먼[巫]인 것이다.

우리 민족지 고층(古層)의 넋을 찾다

샤먼은 천지와 인간 사이에 서서 천지의 신묘한 '소리'(=힘, 빛, 색깔, 움직
임…)를 우리에게 전해주려는 자이다. 그런 역할을 하는 사람이 정치와 종교
에서는 '성(聖)'이라 한다.

이처럼 '샤먼에서 성(聖)으로' 전화(轉化)하는 문화의 고고학을 양재문의
사진에서 읽어낼 수 있다. 샤먼이 걸어온 흔적을 사진이라는 형식으로 펼쳐서
보여준다.

양재문의 사진을 따라가다 보면, 글쎄, 우리 민족지(民族誌. ethnocarto-
graphy)의 고층(古層)에 자리한 화랑(花郎)도 만나고, 무당도 만나고, 건달(乾

達)도 만나고, 비천(飛天)도, 농민도, 선비도, 평민의 남녀노소도, 설움도, 아쉬움도, 멋도 두루두루 다 만난다. 결국 이것은 우리 문화 유전자 속에 이어지는 풍류(風流)의 '넋'을 목도하고, 전해주며, 함께 즐기는 일이리라. 바로 이 풍류의 넋을 초혼재생하려는 것이 양재문 작가의 소명이다.

환(幻, maya), '있으나 없는' 곳으로

양재문 작가가 사제(司祭)가 되어 보여주는 전통 춤사위 사진 작업은 우리 민족지의 오래된 지층=고층(古層)에 화석화된 넋을 일깨워 소생시키는 일이라 본다.

이 고층(古層)엔 '차이를 보이면서 반복하는', '있으나 없는' 민족지적인 춤사위가 오래된 생명의 숨결로서 약동하고 있다. 그 숨결은 불꽃처럼 찰나의 생멸 속을 스쳐 지나가고, 여러 공간에 흩어져서, 산 자들의 육신을 통해 전해진다. 그런 순간의 형식을 작가는 포착하고 싶다. 그러나 이 형식은 타오르는 동시에 사그라지는 불꽃이므로, 작가는 수많은 시도를 통해 그 두 얼굴을 붙들어 낸다.

사진을 통해 양재문 작가가 초혼재생 시키려는, 저 반복 속 겹침의 현상=환상. 이것은 - 천지의 소리를 중개하여 전해주던 샤먼[巫]의 입처럼 - 우리 민족지 그 무명(無明)의 심층 속에 바람 따라[風] 출렁이는[流] 넋이리라.

이런 풍류는, 사진이라는 이미지의 허구=허망에 기대어[卽虛] 진실을 드러내기에[顯實] '따스한, 눈물겨운 니힐리즘' 이라 말하고 싶다. 그러나 우리 민족지의 고층(古層)에 숨 쉬는 풍류를 초혼재생 하려는 작가의 신산한 노력은 여전히 희망 쪽에 서 있다. 환(幻, maya)- '있으나 없는' 곳으로 다가서려는 작가의 피어린 여정에 진심 어린 경의를 표한다.

흔들리는, 곧은, 마디마디 '흰 그림자'

원준호의 대나무 사진에 부쳐

Wind 12ⓒ원춘호

흐름, 흔들림 속으로

바람의 '흐름'은 사물의 '흔들림'을 낳는다. 보이지 않는 공기가 공간 속을 이동하면서 자신이 그곳에 '있음'을, 사물의 움직임으로 알려준다. 그 뒤에 빛(=양)과 그늘(=음)의 따스하거나 차가운 손길이 있다. 이런 온도의 변화는 무언가를 고요히 혹은 시끄럽게 흔들어 준다. 어떤 움직임은 '시간'의 흐름이며, 공간의 드러남이다.

사물은 시간과 공간을 수직으로 또는 수평으로 초월하는 듯 하나, 끝내 그 형식 내에서 떨리고, 휘고, 떨어지고, 휘날리면서, 끊임없이 드러나고 숨는다. 드러나는 것은 '흰' 것이고, 숨는 것은 그 '그림자-그늘'이다. 이 둘은 어떤 하나의 '보이면서 보이지 않는 것'이다. 하나가 드러나면 하나는 숨는다. 흰 것은 드러나면서 어둠으로 자신을 숨긴다. 아니 자신을 잘 드러내기 위해서 그림자를 배경으로 놔둔다.

‘흰’ 것은 곧 그만큼의 강한 ‘그림자’가 있어야 한다. 스스로가 살기 위해서는, 살아있음을 드러내기 위해서는, 자신을 애써 지우고 감추어야만 한다. 그 강도에 따라, 한편으로는 그만큼 살아나고 한편으로는 또 그만큼 죽을 수 있다. ‘흰’ 것은 ‘그림자’에 살고 죽는다. ‘그림자’는 ‘흰’ 것에서 살고 죽는다. 흰 것은 그림자를 통해, 그림자는 흰 것을 통해 자신을 입체화하여 존재감을 드러낸다. 그곳이 바로 존재가 생존, 소멸하는 ‘집’이다. 그 집에서 흰 것은 그림자로, 그림자는 흰 것으로 초월하고 또 생멸한다.

이처럼 예술가는 ‘보이는 것들의 보이지 않는 것’을, ‘보이지 않는 것들의 보이는 것’을 짚어낼 운명에 처한다. 원춘호 작가가 짊어진 사명도 이런 것이다. 작가는 대나무를 스스로의 삶으로 끌고 들어와, ‘흔들리는, 곧은, 마디마디 흰 그림자’의 은유로 표현하고자 한다.

흔들리는, 곧은, ‘흰 그림자’

빛과 어둠을 살리는 ‘흰 그림자’의 입체적 기법은 사실 우리 문화에 숨어 있는 특별한 미학이다. 빛과 그늘, 우리 전통의 역동적 음양론이다. 원춘호 작가는 이런 오래된 미학에 신선한 시선으로 다가선다.

예컨대 시인 정지용은 「비」(1941)라는 시에서 “여울지어 / 수척한 흰 물살”이라며, ‘여울지어, 수척한’ 그림자를 ‘흰’ 것으로 생생히 살려낸 바 있다. 그냥 물살이 아닌, 바람에 밀려 여울이 진 물살을 ‘수척하다’며 어두운 듯 배경을 깔고서, 거기에 빛이 비친 ‘흰’ 장면을 멋스럽게 살려낸다. 시인 윤동주도 「흰 그림자」(1942)라는 시에서, “거리 모퉁이 어둠 속으로 / 소리 없이 사라지는 흰 그림자 // 흰 그림자들 / 연연히 사랑하든 흰 그림자들”이라 했다. 어둠에 몸을 감추는 어두운 듯한 그림자를, ‘흰’이라는 한 글자를 붙여 생명력을 부여한다.

‘흰 (수척한) 물살’, ‘흰 그림자’는 원춘호 작가의 사진 작품 속에서도 여실히 드러나는 기법이다. 어두움 속에 흩날리는 눈발, 그리고 빛에 비친 대나무 잎은 우리 문화의 고층(古層)에 숨은 빛과 그늘, 그 음양의 미학을 건드린다.

어둠은 빛의 생명력이다. 빛은 어둠의 소멸이다. 빛은 어둠으로, 어둠은 빛으로 망명하고 초월한다. 그러나 이 둘은 끝내 서로의 시공간을 벗어날 수 없다. 상의상존(相依相存)하며, 찰나 찰나 생멸한다. 그 사이에 존재들은 희노애락애오욕이란 미(美)의 집을 짓고 산다.

어둠이 강렬할수록 빛도 강렬하다. 대나무는 빛을 받아, 흔들리는ㅡ 곧은ㅡ마디마디 흰 그림자를 거느리며, 생명의 문법을 살린다. 그것은 휘고, 뒤틀리고, 굽고, 일어서고, 엎치락뒤치락 바람에 흔들리며 차디찬 겨울을 견딘다.

속이 텅 빈 대나무. 마디가 없었다면 곧 부러졌을 존재. 마디마디로 스스로를 끊고 연결하며, 다시 연결하며 스스로를 잘 끊는 법을 알면서 생명을 얻게 되었다.

그 텅 빈 것, 마디마디 아픈 것을 바람이 흔들고, 흔들리는 몸이 대나무 스스로를 다시 흔들어 댈 때, 바람은 시끄럽게 침묵한다. 그때 대나무는 대신 몸을 열어 생명의 의미를 서사한다.

마디마디, 이어지고, 끊는, 생명력

대나무 숲은 자아를 잃어버린 무욕의 몸놀림이다. 그냥 그렇게 있으면 세월이 가고 바람이 멎고 멎었던 바람이 다시 분다. 그 자체로 울음이고 웃음이며 하나의 온전한 삶의 서사이다. 원춘호 작가는 이곳에서 대나무로 살아가고 있다. 마디마디, 이어지고 끊는 생명력을 안고, 흔들리면서 무언가를 흔들고 있다. 그렇다. 작가는 스스로 바람에 흔들리면서, 스스로의 흔들림으로 관객과 세상을 흔들고 싶은 것이다.

기와에 주목한 작가가 시선을 대나무로 옮긴 것은 단절이 아니라 연속이다. 기와도 마디마디 이어져서 지붕을 만들고, 또한 붙들어 올린 땅을 담보로 하늘을 맞이하며 세월을 견딘다.

대나무 또한 마디마디 이어져, 뿌리에서 길어 올린 네모난 땅을 둥근 관으로 허공에다, 하늘에다 다 바칠 줄 안다. 이파리도 꽃이고, 눈보라도 꽃이라면 이승의 온갖 무명풍(無明風)도 다 꽃이다. 대나무는 그 자리에서 득도하고, 그 자리가 천국, 극락임을 증명할 듯하다. 아마도 작가는 작품을 통해 이런 이야기를 토해내고 있으리라.

어둠과 빛, 그 속에서 흔들리는, 곧은, '흰 그림자'를 바라보고 있노라면 작가의 번뇌와 고통은 슬프면서 참 아름답다. 강렬하게 차가운 어둠을, 절제된 흔들림−선−점으로 집요하게 집중시킨다. 그래서 바라보는 자의 시선을 후끈 달궈준다. 그러다가 결국 관람자 자신의 내면, 그 긴 통로를 따라가서 스스로 대나무처럼 한번 살아보라 한다.

흔들리는 것이 어디 대나무뿐이랴. 온갖 생명들이 마디마디 흔들리며 살아가고 있지 않은가. 그 삶의 어둠이 빛이고, 빛이 곧 어둠인 허공 속을 또 얼마나 잘 견디고 있는지, 작가는 우리를 시험해 보고 싶은 것이다.

| 도서관이 사람을 만든다

사람은 자신을 비춰볼 거울이 필요하다. 거울이 없으면 스스로를 알 길이 없다. 얼굴에 뭐가 붙어있는지 어떤지…, 자신의 현재 외관을 잘 비춰볼 수 있는 것이 바로 거울이다.

역사 속에서 논의되는 거울은 여러 가지이다. 진짜 거울, 역사(=시간)라는 거울, 사람이라는 거울, 자신 내면의 양심이라는 거울 등등이다. 내외 면을 비출 수 있는 것은 모두 거울이다.

거울은 아당초 맑게 고인 물에다 자신의 얼굴을 비춰보는 물거울에서 출발했을 것이다. 그다음 청동제 거울이 사용됐을 것이다. 이후 우리가 쓰는 유리 거울이 나왔다고 본다. 이런 거울들은 어디까지나 인간의 외면을 비출 수 있는 것들이다. 그렇다면 인간의 내면을 비출 수 있는 것, 성찰의 거울은 무엇일까?

우선, 눈을 감고 스스로를 되돌아보는 스스로의 성찰–반성이라는 활동이 있을 것이다. 자기 자신을 돌아보는 일은 궁극적으로 스스로의 양심–지성–지혜에 비춰보는 일이다. 동서양을 막론하고 오랜 역사 속에서 만들어진 〈자성록〉, 〈성찰록〉 같은 종류들은 인간이 스스로를 성찰해 보는 좋은 본보기가 된다.

둘째, 사람이 살면서 자신을 비춰볼 거울로서 자연이란 것이 있다. 자연은 인간의 배경이 되면서도 인간을 이끌어가는 무언의 스승이 된다. 일정한 패턴으로 무한히 변화–생성–소멸하며 인간을 가르친다. 자연 앞에서 인간은 스스로를 객관화, 상대화하며 겸손–경건해진다. 가끔 불규칙한 재해–재난을 통해서 인간들에게 위협과 불안을 느끼게도 하나, 일반적으로 삶의 고향으로서 늘 우리 곁에서 한 수 한 수 가르치고 길러준다.

셋째, 역사라는 거울이 있다. 지나간 시간이 사람을 가르치고 일깨워 준다. 인류가 걸어온 길, 한 민족이 걸어온 길, 나 자신이 걸어온 길…. 모두 역사라는 거울이다. 길을 굽어보고 반성해 보며, 나 자신이 어떻게 가야 할지 살피게 된다. 말하자면 세월이 사람을 가르치는 것이다.

넷째, 사람이라는 거울이다. 흔히 타산지석(他山之石)이라고 한다. 다른 산에서 나는 거칠고 나쁜 돌을 숫돌로 삼으면 자신의 옥돌을 갈고 다듬을 수가 있다는 말이다. 비록 다른 사람의 하찮은 언행, 어떤 잘잘못일지라도 자신의 지혜와 덕성을 갈고 닦는 데 도움이 된다는 것을 비유한 것이다. 남(타자)이라는 거울이 없이는 자신을 구체적으로 성찰할 수 없다. 남을 쳐다보며 자신을 자세히 바라보게 되는 것이다. 옛 성현, 위대한 자들, 포악한 자들 등등 수많은 인간의 거울을 쳐다보며 나 자신이 어떻게 살아야 할지를 살피게 되는 것이다.

마지막으로, 책이라는 거울이다. 책 속에는 위에서 말한 네 가지가 다 들어 있다. 인간이 걸어온 온갖 이야기가 공동의 우물(자산, 기억, 지혜)로 살아 있다. 책이란 인간이 만든 가장 위대한 기억 보존의 장치이다. 따라서 독서는 인류 공동의 기억 속으로 들어서서, 인류의 뇌 속을 여행하는 일이다. 생각해 보면 책을 가득 품고 있는 도서관은 우리의 과거-현재-미래를 넘나들게 해주는 위대한 교사이거나 현자가 아닌가. 대구가 대구답다는 것은 도서관이 많고, 책을 읽는 사람이 많아지는 일이리라. 사람이 도서관을 만들었지만, 이제 도서관이 사람을 가르치고 사람을 기르는 시대이다.

내가 누구인지를 더 잘 알고 싶으면 부지런히 도서관에 가자. 거기, 책장 넘기는 소리 속으로 흐르는, 역사도 자연도 인간도 하나가 된 강물을 만난다면, 짧은 순간에도 아마 몇백 년씩 더 오래 살고 있는 셈이다.

묘서동처(猫鼠同處)를 추천하며

2021년은 심리적으로 참 힘든 한 해였다. 코로나19로 나라 전체가 가뜩이나 어려운 상황에서, 끊이질 않았던 OC사태, 정치판의 갈등과 다툼, 연이어 터져 나오는 부동산 문제, 수시로 터지는 고발, 고소…. 이런저런 어둡고 불쾌하며, 앞날을 가늠하기 힘든 뉴스를 듣고 있노라면 한마디로 살맛이 안 났다. 이것은 비록 나 혼자만의 느낌이 아니었으리라.

그동안 지겹도록 들었던 말은 '비리, 부정, 부패, 적폐, 위법, 탈법, 불법, 허위, 사기, 뇌물, 청탁, 배임…', 그리고 '아사리판, 내로남불, 적반하장, 제식구 봐주기(감싸기), 악취 진동…' 등등. 도대체 '이게 나라인가?' 라는 생각이 들 정도였다. 그동안 나는 몇 번 공무원들 대상으로 청렴에 대한 강의도 했지만, 솔직히 나라가 이 꼴인데 '이런 강의를 한들 뭣 하겠냐?' 는 자괴감도 들었다. 우리의 현실은, 넷플릭스의 「오징어 게임」 이나 「지옥」에서 보듯이, 생존을 위해 혼란스럽고 두렵고 불안한 길을 안간힘을 쓰면서 걸어가고 있다. 국민적 기대를 안고 촛불로 탄생한 현 정부의 슬로건은 '기회는 평등하게, 과정은 공정하게, 결과는 정의롭게' 였다. 하지만 지금 많은 사람들은 이 슬로건이 이상(理想)만을 이야기하고 있지 현실은 여전히 불평등·불공정·부정의하다고 느낀다.

미래가 불투명한 가운데 어느덧 다시 연말이 다가오고, 어김없이 〈교수신문사〉로부터 사자성어 추천 요청의 이메일이 왔다. 나는 과거에 추천했던 사자성어(파사현정, 공명지조, 아시타비)가 선정된 경험이 있어, 이번에는 그냥 넘어갈까도 생각했다. 그래도 해보라는 주변의 권유로 부득이 추천하였는데 이번에도 덜컥 선정되고 말았다. 정말 면목도 염치도 없게 되었다. 사실 올해의 사자성어 추천을 앞두고 이런저런 생각이 떠올랐었다. 주로 정치와 정치판, 사회 분위기에 대한 것이었다. 변화무쌍함을 뜻하는 파란만장

(波瀾萬丈), 갈피 못 잡고 허둥댄다는 ‘천방지축’(天方地軸), 하지 못할 일이 없는 듯 거만한 ‘무소불위’(無所不爲), 엉망진창 뒤죽박죽이라는 ‘난칠팔조’(亂七八糟), 도둑과 도둑을 막을 사람이 한통속이 되었다는 ‘묘서동처’(猫鼠同處) 등등이었다. 이 가운데 나는 ‘난칠팔조’와 ‘묘서동처’를 추천하였다. 결국 묘서동처가 설문조사의 대상이 되었던 것 같다.

‘묘서동처’(猫鼠同處)란, 고양이 ‘묘’, 쥐 ‘서’, 함께(또는 함께할) ‘동’ 있을 (또는 곳) ‘처’라는 네 자로 조어되어 있다. 풀이하면 ‘고양이와 쥐가 자리(處)를 함께 한다(同)’ 또는 ‘고양이와 쥐가 함께(同) 있다(處)’는 뜻이다. 당나라의 역사를 서술한 중국의 『구당서』와 『신당서(新唐書)』에 - ‘고양이와 쥐가 같은 젖을 빤다’는 묘서동유(猫鼠同乳)라는 말과 함께 - 나온다. 쥐는 굴을 파고 들어와 곡식을 훔쳐 먹는 놈이고 고양이는 쥐를 잡는 놈인데, 낙주(洛州)라는 곳에 고양이와 쥐가 함께 사는 괴상한 일이 있었다. 묘서동처란, 도둑을 잡는 자가 도둑처럼 간사한 일을 하는 자와 한통속임을 지적한 것이다.

일반적으로 고양이는 쥐를 잡는 동물이라 쥐와 함께 살 수 없다. 서로 원수 같은 사이인데, 어찌 된 탓인지 이 둘이 서로 한 패거리(=한통속)가 되었다는 뜻이다. 다르게 보면, 원수와 같이 있으니 포용력이 있고 좋은 일 아니냐고, 반문할 수 있다. 아니다. 묘서동처를 구체적인 사안에 적용해 보면 뜻이 분명해진다. ‘고양이’는 나쁜 짓을 못 하도록 감시·감독할 사람(공무원, 감사자, 검경, 법관 등)을, ‘쥐’는 사리사욕을 채우기 위해 범법(위법, 탈법, 배임)을 저지르는 자를 은유한다. 도둑을 잡아야 할 사람이 도둑과 한 패거리가 되어 있는 것, 공직자가 위아래 혹은 민간과 짜고 공사 구분 없이 범법을 도모하는 것은 국가사회의 질서를 무너뜨리는 일 아닌가. 결코 용서

안 된다. 입법·사법·행정의 삼권분립이 묘서동처 격이라면, 한 마디로 막 나가는 이판사판의 나라이다. 기본적으로 케이크를 자르는 사람은 케이크를 취해선 안 된다. 케이크도 자르고 취하기드 하는 꼴, 묘서동처의 현실을 올 한해 사회 곳곳 여러 사태에서 목도하고 말았다. 슬프다. 공정과 정의가 무엇인지, 되묻고 싶다.

설악산 계곡ⓒ원준호

어디에도
속하지 않을
권리

최재목

제4부 어디에도 속하지 않을 권리

| '형식'을 생각하다

나는 여행을 좋아한다. 두리번거리며 이런저런 곳을 떠돌아다니면서 버릇처럼 자주 쳐다보는 것이 있다. 벤치, 쓰레기통, 화분, 가로등, 신호등, 간판, 편지함의 형식이다. 왜, 하필 저것은 저렇게 되어 있을까? 왜 다른 곳과 다를까? 이런저런 의문을 가지며 생각해 보는 것도 꽤 흥미롭다.

흔히 책이나 논문을 읽을 경우 나는 표지를 넘기고 나서 목차를 쓰윽 훑어본다. 그리고 가만히 눈동자를 멈추고 왜 이런 순서로 되어 있는지 살펴본다. 그러면 그 내용의 대략을 알 수가 있다. 목차라는 형식은 내용을 살필 수 있는 가장 유효한 방법이다. 만일 목차가 없다면 내용을 다 읽기 전까지는 그 대략을 알 수가 없을 것이다. 따라서 목차는 내용에 다가서는 가장 유효하고도 확실한 형식이다.

무한한 시간을 합리적으로 인식하기 위해 우리는 표시를 해둔다. 달력이다. 달력이라는 형식으로 인간은 시간을 분절화해서 활용한다. 그때그때마다 시간을 계산할 필요 없이, 달력을 쳐다보며 현재라는 시간을 손쉽게 짚어낸다. 하루의 시간은 일과표에 따라 나뉘고, 한 시간의 내용은 분과 초로 나누어서 생각한다. 이렇게 시간을 나누는 형식은 그 나름의 이유가 있을 것이다. 여하튼 이런 형식으로 무한 시간을 유한하게 표시해 주는 것은 스스로의 소멸을 인식하고 준비하라는 뜻이리라.

또한 우리는 무한 공간을 합리적으로 인식하기 위해 우리는 선을 긋고 집을 짓거나 길을 만든다. 무한 공간에서 설계를 통해 일정 공간을 구분해 낸다. 아니 하나의 형식으로 무한 속에서 일부를 구출해 낸다. 들어가는 위치와 나오는 곳을 나누고, 누울 곳과 앉을 곳을 가르고, 어두워야 할 곳과 밝아야 할 곳 등 활동에 필요한 공간을 분할하고 규정한다. 강의실이나 공연장, 시장이나 식당이라는 공간도 필요와 유용성에 따라 형식을 기획하고 분할한다.

이처럼 시간, 공간이라는 형식은 무한 속에서 사람이 규정하여 구출해 낸 것이다. 하지만 이러한 규정이 거꾸로 사람을 만들어 가고 의식을 재규정, 한정하기도 한다. 가끔은 이러한 형식들의 생성과 소멸을 낯설게 바라볼 수 있어야 한다. 거기에 익숙해져 버리면 그것이 잘 보이지 않는다. 어디론가 숨어버리고 만다. 시인과 예술가, 건축가, 철학자들은 사물의 형식을 만들면서 그 형식에 갇히고, 또한 그 형식을 부수고 새롭게 넘어설 수 있는 존재들이다. 익숙한 풍경 속에서 낯선 형식들을 찾아내고 바라보고, 부수고 만드는 재능을 지닌 사람들이다.

인간 세상의 형식들은 어디서 온 것일까? 그 고향은 어디일까? 이 세상의 모든 표시들을 만들어 낸 생각의 근원은 어디일까? 아마 그것은 우리들의 마음이라 할 수 있겠으나, 결국 마음이 깃들어 있는 곳은 몸이 아닐까? 그렇다면 세상의 형식들은 몸을 닮은 것일까? 유한하면서도 영원을 사유하고자 하며, 강하고도 약하며, 감성적이고도 이성적이며, 직관적이면서도 분석적인, 얄궂게 부조리한 몸. 그리고 그런 삶. 몸-삶의 은유로서 시간과 공간과 온갖 사물들의 형식이 탄생한 것이리라. 몸-삶의 은유로서 온갖 표시와 형식들이 있는 것이라면 자꾸 '왜, 어째서?'라고 물어야 삶도, 세상도 바뀔 것이다.

'대답하는 언어'가 아닌 '묻는 언어' 속에 보이지 않는 새로운 수많은 형식들이 살고 있다. 시인과 예술가, 건축가, 철학자들은 이런 형식들을 수시로 호출해 내고 퇴출해 가야 한다. 그것이 그들의 사명이다.

어디에도 속하지 않을 권리

금계국, 개망초, 코스모스, 벌노랑이…, 노을 밑으로 아름다운 계절이다. 이렇게 꽃이 아름다운 것은 국적 때문이 아니다. 꽃을 보는 순간, 그 꽃이 어디서 왜 왔는지 아무도 묻지 않는다. 그냥 그 자리에 그렇게 아름답게, 향기롭게 피어 있으면 된다. 꽃잎과 향기에 국기가 펄럭이고 국가명이 또렷이 새겨 있다면 사람들은 더 이상 그 꽃을 쳐다보며 아름답다 생각하지 않을 것이다. 그렇다. 꽃의 조국은 들판이고, 언덕이고, 끝없는 대지이다. 그래서 그냥 그렇게 아름다울 수 있는 것이다.

들판 어디에나 피어 있는 개망초. 어린 시절부터 익숙한 꽃. 객지를 떠돌며 고향 생각을 할 적마다 제일 먼저 나는 이 꽃을 떠올린다. 그렇게 우리 고유의 꽃이라 굳게 믿고 있었건만…, 글쎄. 20여 년 전 처음 미국에 갔을 때 사방에 이게 피어 있는 것을 보고 나는 깜짝 놀랐다. 알고 보니 개망초는 북아메리카 원산. 우리나라에는 구한말에 유입되어 전국에 분포하게 되었단다. 이제 어쩌랴. 꽃을 볼 때마다 북아메리카산이라 생각해야 하나. 그러나 그런 적도 없고, 그럴 생각도 없다. 내 마음속에 이 꽃은 그저 내 추억의 꽃으로 자리해 있다. 이 꽃은 어느 나라의 꽃도 아니고, 오직 내 마음속에서만 피어 있는 추억의 꽃인 것이다. 아마 누군가의 마음속에서도 피어, 그 사람과 아름다운 시간을 견디며, 그 사람의 꽃이 되어 있을 것이다.

사실 들판의 꽃은 어디에도 속하지 않고 그 자신에게만 충실하다. 바람 부는 대로 씨앗을 날려, 발붙인 그 자리에서 그냥 살아간다. 그곳 사람들, 그곳의 물건들과 어울리며 자신의 이야기를 만들어 간다. 거기에서 그냥 흔들리면서 자신의 모습대로 살아 있기에 어디에도 속하지 않고 있는 것이다. 원산지를 따지지 않아도 충분히 그 자신으로 당당히 살아있는 것들을 우리는 많이 경험하고 있다.

화려함의 뒤안길ⓒ원준호

　탄생과 기원으로부터 일탈하여 새로운 역사를 써 가는 들판 위의 꽃을 보며 인간의 문화를 돌이켜 보게 된다. 인간의 문화에는 끝없이 족보-계보를 따지려는 쪽과 그것과 무관하게 살아가려는 쪽의 두 가지 경향이 있다. 족보-계보 없이 사는 일은 허무와 불안을 견딜 용기를 필요로 한다. 인간의 경우는 그렇다. 하지만 꽃의 경우는 전혀 그렇지 않다. 꽃은 아무 생각 없이 그저 스스로의 생명력에 충실하며, 스스로의 삶을 살아가면 된다. 어떤 허무도 불안도 없다. 그런 개념과 생각조차 갖지 않는 꽃은 애당초 인간의 문화로부터 독립되어 있다. 인간들은 꽃에 영원히 다가설 수 없음에도 꽃의 본질을 소유하거나 지배하고 있다그 착각한다.

　어디엔가 속해 있다는 것은 그 무엇의 언어에 구속되어 있거나 그 힘의 자장(磁場) 속에 이끌려 있다는 말이다. 그런 언어는 족보-계보 속에서 설득력을 가지며 독립적이지 않다. 따라서 결코 신선하지 않다. 신선하고 독창적인 언어를 가지려견 어떤 조직의 결속으로부터 일탈하여 단독자로 살아가야 한다. 국가와 권력, 특정 사조와 이론으로부터 부단히 도망쳐 자신 속으로 망명해야 한다. 시인, 예술가, 건축가가 가야 할 길이다. 우리는 어디에도 속하지 않을 권리가 있다. 어디에도 속하지 않은 언어와 얼굴로 그냥 그 자신이 되어갈 자격이 있는 것이다.

| '근거' 란 무엇인가

가을이다. 일 년 중에 내가 제일 기다리는 계절이다. 호들갑을 떠는 것은 아니나 어느 정도 설렘이 있는 것은 진실이다.

사실 나는 여름과 겨울보다는 봄과 가을을 좋아한다. 봄과 가을 중에서도 가을을 더 좋아한다. 그런데 '왜 그렇지?' 스스로에게 물어보면. 딱히 '근거'는 없다. 한 마디로 그냥 좋은 것이다. 그러나 누군가에게 '봄, 여름, 가을, 겨울의 사계 중에서 어느 계절이 좋은가?' 라고 묻는다면 대답은 다양 하리라. 더욱이 '가을에 대한 느낌을 말해 보라!'고 한다면 반응도 각양각색 일 것이다. 혹여 누군가 나더러 "왜 가을이 좋냐?"고 묻는다면, 일단 "그냥 좋다!"고 하겠지만, 짓궂게 "이유가 뭐냐?"고 따져 묻는다면 대략 난감일 듯하다. 그래도 배운 사람이 '그냥 좋다' 하면 남들이 욕할까 싶어 그 '근거'를 생각해 본다. 그런 내 생각이 어디서 왔을까. 생각이 머문 곳을 닦달하고 문질러대면 그 무언가가 또렷해질까. 내 생각의 근거는 이렇다.

'봄'은, 따뜻하지만 너무 화사하고, 뭔가 생동감이 있지만 부품해 보이고, 시작하는가 싶지만 후딱 지나가는 듯하다. 그래서 좋아하나 썩 좋지는 않다. '여름'은, 내가 추위를 많이 타기에, 일단 간편한 복장을 해서 좋다. 하지만 싫어하는 에어컨, 선풍기를 수시로 틀어야 하니 얼른 지나가기를 바라는 마음 간절하다. 겨울은, 일단 춥고 몸과 마음이 위축된다. 바람이 썰렁하고, 먼지와 나무이파리 쏠려 다니는 거리는 참 을씨년스럽다. 그래서 '언제 봄이 오나?'며 빨리 지나가기를 바란다. 이래서 그다지 좋아하지 않는 편은 아닌 셈이다. 뭐, 이런 식으로 생각과 느낌으로 싫거나 썩 좋아하지는 않는 것을 지워나가면, 마지막 남는 계절이 '가을' 이다.

가을은 일단 맺을 것 맺고, 떨어질 것 떨어지고, 차분히 무언가 정리하는 듯하다. 더위와 추위 사이에서, 활동하기에 적합하고 옷 입기에 여유롭고, 더위로 잠을 설치지 않아도 된다. 책 읽고, 글 쓰고, 놀러 다니고, 놀기에도 딱 좋은 시기이다. 물론 가을에 비 내리고 바람 불면, 약간의 서글픔도 쓸쓸함도 느낀다. 그래도 싫은 것들보다 좋은 것들이 더 많다. 이런 정도로 내 생각과 느낌을 정리한 것이 내가 주장하는 '근거'이다. 그런데 근거란 사실 이해하기 어렵다. 요즘 젊은이들이 '당근' 즉 '당연한 근거'라고 쿨 하게 말하지만 사실 현실 삶의 근거를 그렇게 쉽게 내뱉을 수 있는 것은 아니다.

근거란 무엇인가? 네이버 〈국어사전〉을 보면 대략 이렇다. 먼저 근본이 되는 거존 즉 활동이나 세력의 기반이 되는 바탕 말이다. 사회적 현실적 차원에서 무언가를 위해 활동하는 거점이다. 다음으로, '어떤 일이나 의논이나 의견-판단-주장-사태에서 그 근본이 되는 것'을 말한다. 마지막으로 철학에서 말하는 근거, 즉 좁은 의미로는 '결론에 대한 전제나 결과에 대한 원인'을 말한다. 일반적으로 '존재의 기초가 되거나 어떤 사상이 진리라고 할 수 있는 조건'을 말하다. 다시 말해 구언가를 결론짓기 위한 전제나 원인이라는 것이다. 아, 그런데 사실 그런 것이 있기는 한 것일까?

우리가 학술적 논문이나 책을 쓸 때 흔히 '각주'(脚註, 脚注, footnote) 라는 것을 단다. 각주란 본문 아래 따로 달아 놓은 풀이 혹은 근거를 말한다. 내가 쓰는 글, 혹은 하고 있는 말의 근거를 밝히려는 의도에서이다. 그러나 그 근거가 100% 맞다는 근거는 사실 없다, 따지고 들면 모두 현재의 그것이 확실하다는 근거는 없다. 왜, 왜, 왜라고 캐들어 가면 거지반 '알 수 없음' '잘 모름'이라는 단순한 결론에 도달한다, 그렇다. 삶의 대부분은 은유로서 객관적 근거는 불명확하다. 그래도 근거를 찾고, 거기서 출발해야 인간의 삶과 사회가 유지된다. 정치도 예술도 종교도 모두 그렇다.

'망각'에 대하여

"사람은 하루가 지나면 74%를 잊는다." 독일의 심리학자 헤르만 에빙하우스의 망각곡선에 따르면 그렇다. 하루하루의 일들을 모두 기억하기보다는 일단 잊는 것이 좋다. 특히 머리 아프거나 짜증 나는 일들은 더더욱 그렇다.

망각(forgetting)이란 이전에 경험·학습한 것이 일시적, 영속적으로 줄어들거나 사라지는 것을 말한다. 한자로는 '잊는다'는 뜻의 '망'(忘) 자와 '그치다 / 멎다'는 뜻의 '각'(却) 자를 합한 것이다. 모두 지나간(=과거) 일들에 관련된 것이다.

개인적으로나 사회적으로나 시간의 경과에 따라 기억은 사라지고 만다. 고통스럽고 참혹했던 일들은 그 내용에 따라서 반드시 기억해야 할 것도 있지만 일부러 망각해야 할 것도 있다. 따지고 보면 지속적인 기억이란 사람만이 하는 것이다. 풀이나 동물들은 하지 못한다. 물론 사람도 치매, 기억상실증에 걸리거나 의식을 잃은 식물인간도 기억이 불가능하긴 하다.

그러나 인간이 가끔 스스로의 과거를 싸악 지워버리고 싶을 때는 식물이나 동물들을 좀 부러워할 수도 있다. 오히려 그들에게서 배우고 싶을 때도 있을 것이다. 니체가 『반시대적 고찰』에서 언급한 말이 떠오른다.

"그대 옆에서 풀을 뜯어 먹으며 지나가는 가축의 무리를 보라. 그들은 어제가 무엇이고 오늘이 무엇인지 모르는 채, 이리저리 뛰어다니고, 마구 먹어대고, 한가롭게 쉬면서 소화 시키고, 그리고 또다시 뛰어다닌다. 이처럼 그들은 아침부터 저녁까지 날마다, 그들의 유쾌와 불쾌, 즉 순간이라는 말뚝에 묶여서 산다. 그래서 그들은 우울도 권태도 느끼지 않는다. 이에 비하면 인간이란 도무지 이해할 수 없다. 왜냐하면 그는 동물들 앞에서 자신이 인간임을 자랑하면서도, 동물의 행복에 부러운 듯한 시선을 던지기 때문이다. 사실 그는 동물처럼 권태도 없고 고통도 없이 살고 싶은 것이다. 그렇지만 그것은 쓸데없는 생각이다. 그는 동물처럼 살려고 하지는 않기 때문이다. 인간이 동물에게 한번 이렇게 묻는다고 하자. 즉 "왜 그대는 그대의 행복에 대해서 나에게 이야기해 주지 않고, 그저 내 얼굴만 쳐다보고 있는가?"하고, 그러면 동물 역시 다음과 같이 대답하려 할 것이다. 즉 "그것은 말하려고 하는 것을 언제나 금방 잊어버리기 때문"이라고. 그러면서 바로, 이 동물은 이 대답 마저도 잊고서 입을 다물어 버릴 것이다. 인간으로서는 참으로 납득하기 어려운 일이다.

그러나 인간은 또한, 망각하는 것을 배우지 못하고 늘 지나간 과거에 매달려 있는 자기 자신에 대해서도 이상하게 생각한다. 그가 아무리 멀리, 아무리 빨리 달려가더라도, 그 쇠사슬은 언제나 함께 따라다닌다. … 그때 인간은 … 금방 잊어버리고 모든 순간마다 정말 죽어 버리고 안개와 어둠 속에 잠겨서 영원히 사라져 가는 동물을 부러워한다. 이처럼 동물은 비역사적으로 살아간다. … 비역사적인 것과 역사적인 것은 개인이나 민족이나 문화의 건강에 대하여 똑같이 필요하다." [프리드리히 니체, 「제2편 삶에 대한 역사의 공과」, 『반시대적 고찰』, 임수길 옮김, 청하, 1982, 109-111쪽에서]

식물들, 동물들은 기억이 없기에 과거도, 죽음도, 원한도, 번민도 없다. 역사와 제도, 문화와 문명을 창출할 생각도 없다. 예술, 건축도 없다. 이런 저런 고민도 없이, 그저 있는 그대로 완전하다. 인간들은 어떤가. 과거에 병적으로 집착한다. 심지어 잘못된 기억을 집단화하고, 자기중심의 피해 의식을 특수화하여 폭력적 행동을 무자비하게 분출해대기도 한다. 과연 어느 쪽이 더 행복한가. 문득, 이렇게 물어보는 일도 괜찮을 듯하다.

| 보이는 몸, 보이지 않는 몸

흔히 도움이 된다는 것을 "피가 되고 살이 된다"고들 한다. 다 '몸'에 도움이 된다는 말이니, '신체화'(身體化), 줄여서 '체화'를 가리킨다. '몸으로 된다, 몸이 된다'는 것은 '몸화(化)'이다. '몸화'는 '마음화'와 다르게 전(前)−심적(心的) 다시 말하면 마음이 움직이기 전에 이미 몸은 알고 반응한다는 말이다. 갑자기 '꽝~!' 하는 굉음이 울리면 순간 주저앉거나 엎드리고 있는 것처럼 몸화는 보이는 몸 근저에 숨은 '보이지 않는 몸'이다. 이것을 무의식처럼 '무신체의 신체'라 하고 싶다.

인간이 '몸'(=신체)을 가졌다는 것은 몸으로 '있다'는 것이다. 그것은 나=자기와 남=타자가 서로 다른 개체로서 '존재한다'는 사실이다. 몸은 '신'(身.기혈·오장육부가 살아있는 몸)+'체'(體. 오장육부 등을 담는 그릇=형식)+'발'(髮.머리카락)+'부'(膚.살갗)로 되어 있다. 생리학적으로 몸은 나 이외의 '낯선 타자=이물질'을 배제, 방어하는 면역기능으로 자기와 타자를 분리한다. 타자화=이물질화 된 것을 거부하는 것은 예컨대 아무 생각 없이 자기 몸속에 있는=내 것(소대변, 침 등)이 외부로 유출되었을 때 그것을 더럽고 낯선 것으로서 혐오, 배제하려 하는 본능이다. 입 속의 침도 뱉어놓고 다시 먹으라 하면 십중팔구 거부반응을 일으켜 기피할 것이다. 타자는 일단 이물질로서 나와 다른 것, 분리된 것이다. 그런데 이것은 사실 가시적, 감각적인 단계에서 하는 말이다. 예를 들어 외부의 이물질(수분 등)이 비가시적−초감각적인 레벨로 내 몸에 드나든다면 그것이 이물질인지 뭔지 알 수가 없다. 이런 경우는 타자로 인지되지 않는다.

한편 몸은 자기와 타자를 통합하는 존재이기도 하다. 앞서 말한 대로 몸은 타자를 이물질화해서 혐오−배제하기만 않고 자타간의 분리, 간극을 넘어서서 자기와 동일시화 하는 기반−매개도 된다. 그렇다. 몸은 고립된 단독자만이 아니라 타자와 융합−합일될 수 있는, 그런 지향성을 가진 존재이다. 자기와 타자 '사이의 신체'도 있다. 이것을 '간신체'(間身體)라고 해두자. 프랑스의 철학자 메를로 퐁티(1908-1961)는 이런 신체를 개개인을 넘어서 우리가 개개인을 이해할 때 근거로 하는 실존적 범주인 '근원적 공동화'(根源的共同化. Vrgemeinschaftung)로 본다. 아울러 이것을 '타자를 우리들 속으로, 우리들을 타자 속으로' 품는, 즉 서로 상대방 속으로 들어서서 뒤섞이는 '상호내속'(相互內屬. Ineinander)이라 본다. 메를로 퐁티는 인간의 몸을 자기와 타자의 '근원적 공동화-상호내속'으 기반으로 생각했다.

물론 타자를 반드시 사람만으로 한정할 수는 없다. 동물, 식물, 무생물 및 물질, 물건, 기기도 포함될 수 있다. 다른 사람들의 고통을 직면할 때, 짐승이 울부짖을 때, 아름다운 건물이 무너질 때, 산이나 바위가 부서져 내릴 때 우리는 연민의 정, 고통, 안타까움을 느낀다. 이것도 '근원적 공동화-상화내속'이라 할 수 있으리라.

사람은 언어를 매개로 타자와 교류한다. 아니 그렇게 생각하기 십상이다. 그러나 우리 몸은 무의식 같은 '무신체의 신체'인 '자기와 타자 사이의 몸=간신체(間身體)'를 가지고 있다. 그것은 언어 이전에 유발-촉발-작동되는 자기와 타자의 공명(共鳴)-소통-융합 메커니즘이다. 이처럼 몸은 독립되어 있으면서 타자와 통합될 수 있는 보이지 않는 몸을 가지고 있는 것이다.

예술가는 '근원적 공동화-상호내속'을 드러내는 최전선에서, 남들에게 피와 살이 되는 일을 고민하는 자비심 넘치는 보살(菩薩)들 아닌가.

예술, 폐허 위에서 집짓기

삶은 '무'(無)와의 싸움이다. '무' 라는 무서운 괴물의 멱살을 잡고 그놈에게 지지 않기 위해, 잡아먹히지 않기 위해 안간힘을 쓰는 일이다. 삶은 그놈의 손아귀＝덫으로부터 벗어나고자 발버둥을 친다. 인간의 역사도 철학도 예술도 그런 싸움의 다양한 기록이다. 싸움에는 성공한 싸움과 실패한 싸움이 있다. 성공한 싸움은 '무' 와 동급의 경지에 들어서서 초연히 살아가고, 실패한 싸움은 '무' 에 패배하여 무릎을 꿇고 그 상처(트라우마)로 불안에 떨며 살아간다.

'무' 란 제로(0)로 돌아가는 것이다. 모든 살아있는 것들, 형체를 가진 것들은 소멸한다. 죽는다. 무는 소멸＝죽음을 뜻한다. 시간적으로는 유한한 것들의 종말＝종언을 뜻하지만, 공간적으로는 차별된 것들의 평등＝동등을 뜻한다. 영원＝무한 속에서 유한한 존재들은 폐허로 돌아간다. 영원＝무한은 '무' 의 다른 이름이지만, 그것은 지상을 다스리는 주인, 갑(甲)이다. 보편＝보통＝원만＝평범＝일상에 다름 아니다. 변화하는 세상의 물상들. 흐르는 시간과 시냇물. 모든 것이 생성했다가 다시 퇴락해 돌아가는 대지(흙). 공간을 통해서 시간은 스스로의 모습을 드러내고, 자신이 위치를 알린다. 물질적 형체라는 공간적 형식 없이는 시간은 설 자리가 없다. 영원＝무한 또한 구체적 사물 없이는 발 뻗을 곳이 없다.

예술은 무한이란 것을 감각으로 포착하여 물질적 재료를 활용하여 시각적, 청각적으로 생동감 있게 살려낸다. 철학은 무한이란 것을 사유를 통하여 언어(개념)를 써서 논리적 체계 속에서 그 의미를 살려낸다. 종교는 무한이란 것을 초월적 인격으로 설정하고 그것을 신앙하며 의존한다. 모두 무한을 다루는 지적인 기법이다. 철학은 사유로써, 예술은 감각으로써, 종교는 신앙으로써 무한을 넘어서고자 한다. 폐허 위에서 각기 살아갈 집을 짓고자 한다. 사유의 집이거나, 감각의 집이거나, 신앙의 집이거나 다 같은 집이다. 그 속에서 존재도, 감성의 불꽃도, 신도 살아있다.

소멸 앞에서 인간이 할 수 있는 것이란 기억하고, 기록하고, 표현하는 일이다. 기억, 기록, 표현은 '의미'를 붙드는 일이다. 무한에 끌려 들어가 소멸하기 전에 스스로의 위치를 밝혀두는 일이, 철학적으로는 개념을 구체화하는 것이고, 예술적으로는 작품을 구체화하는 일이며, 종교적으로는 신심(信心)을 다지는 일이다. 해 지기 전의 아름다운 노을처럼, 파도치는 바닷가 모래 위의 물 자국처럼, 수없이 피고 지는 들판의 이름 없는 꽃처럼, 그것들의 의미는 사람이 있으므로 발견된다. 사람이 발견해 내기 때문에 값진(=가치 있는) 것이다.

예술을 한다는 것, 철학을 한다는 것, 나아가 종교를 추구한다는 것은 모두 폐허 위에 집을 짓는 일이다. 그 집에 들어와 사는 존재의 이름도, 감성의 불꽃도, 신의 위대함도 나라는 한 인간의 소멸=죽음이 있기 때문에 값진 것이다. 무, 무한을 두려워하기보다 나를 그 불쏘시개로 태워 아름다운 불꽃의 집 한 채씩 지어가야 하리라.

겨울의 끝ⓒ원춘호

카타스트로피

세상을 살아가다 보면-긍정적이든 부정적이든, 안정적이든 불안정적 이든 -아주 적은 변화가 돌연 엄청난 질적 변동을 가져오는 경우를 만난다. 이것을 카타스트로피(catastrophe)라고 한다.

평소 느끼지 못하는 이상 증상으로 돌연사를 한다든가, 모르는 사이 아스팔트 밑의 땅이 씻겨 내려가 씽크홀이 생긴다든가, 국가 간의 작은 시비가 세계대전 양상으로 확대된다든가, 어떤 사건으로 주가가 폭등 혹은 폭락한 다든가 등등, 우리들의 삶에는 예측 불가한 것들로 가득하다. 더구나 코로나라는 전염병이 유행하여 몇 년간 수많은 사람이 격리되고 사망하는 불행한 사태(=재난)는 국내에서 만이 아니라 세계적으로 고통을 가져다주었다. 물론 이런 일들은 반드시 현재에만 일어나는 일도 아니다. 과거에도 있었고, 미래에도 언제든지 일어날 수 있는 일이다.

발터 벤야민은 "역사는 연속적인 것이 아니고 불연속적이며, 카타스트로피로 가득 차 있다"고 말했다. 역사의 표면은 종종 불연속점이나 카타스트로피 포인트를 숨기고 있다. 그러나 섬세한 눈으로 직시한다면, 역사의 표층 밑에 몇 겹이나 다져온 지층이 보일 것이다. 불연속점이란 역사의 흐름 가운데 뚫린 구멍이다. 이것은 벤야민이 말한 '근원의 역사'와 통한다. '근원의 역사'란 무엇인가? 이성의 힘과 인류의 무한한 진보를 믿으며 과거에서 이어진 현존 질서를 타파하고 사회를 개혁하려는 계몽주의적 역사관이 발견할 수 없었던 역사를 말한다. 연속의 눈이 간과한, 사상적 시선의 사각지대에 해당한다. 마치 역대 새로 정권을 잡은 사람들이 사회를 자기네들 방식으로 바꾼다는 열정으로 가득 차 있어 민심을 제대로 읽지 못해 정권을 놓쳐버리고 마는 것처럼 말이다. 이것은 관습에 젖은 전통적인 관점으로 인해 시야에서 배제돼버린, 어쩌면 누군가의 새로운 '눈뜸을 기다리는' 미래적 가능성이라 할 수 있다.

어떤 전환점에 서는 사상이나 예술은, 과거에서 현재를 통해서 미래에 도달하는, 이른바 계몽주의적인 것이 아니다. 불연속점이라는 틈새를 통해 수직으로 져 밑바닥을 가 닿는 것이다.(물론 따지고 보면 각각의 불연속점 자체가 전환점일 수 있다.) 그래서 전환점을 발견하고 거기서 설 때, '현재'는 과거-현재-미래라는 순서의 연속성을 일괄하여 순간적인 균열이나 주름 으로서 이른바 비약적, 혁명적인 '지금 이때'(jetztzeit)가 된다. '지금 이때'를 통해서 역사의 지층 그 근원에 내려설 때 시간은 '과거→현재에서 미래로'가 아니라 '과거에서 미래로' 흐른다. 미래는 과거의 저 밑바닥에 침 전해 있는 것이다. '눈 뜬 자' 그는 '휙 스쳐 지나가 버린 과거'를 통해 미래를 창출하는 것이다. 이 '봄'이라는 기회는 순간적인 균열이나 주름을 살필 수 있는 현자(賢者)에게 찾아들 것이다.

전환점은 늘 사상이나 문화의 '위기'라고 할 수 있다. 코로나가 휩쓸고 지나간 세계는 그야말로 전환점에 서 있는 곳이다. 이럴 때 기존의 체계나 사조, 기성의 흐름이나 추세, 상식이나 인습을 '비판적'으로 잘 들여다보자. 철 지난 바닷가 모래 바닥에 혹여 미래로 통하는 길이 들어있을지 어떻게 알랴. 비판은 기존의 무언가를 고발하거나 타도하는 것, 전면적으로 부정하는 것을 결코 의미하지 않는다. 현재에 '은폐된 혹은 배제된' 아마도 '불연속점 이라 는 틈새' 저 밑바닥에 침전한 '아주 미미한 어떤 요인' 즉 카타스트로피를 발견하는 눈을 갖는 것이다. 이 점에서 비판은 부정적이 아니라 긍정적인 의미의 작업에 속한다. 물론 사상가나 예술가는 카타스트로피를 발견하고 부단히 실천해야만 한다. 그래야만 비약적, 혁명적 '지금 이때'를 역사 속에 구현할 수 있을 것이다.

'그리고 아무 말도 하지 않았다.' 이것은 예수의 수난을 다룬 흑인 영가(靈歌)에서 차용한 하인리히 뵐의 소설(1953) 제목이다. 이후 한국에서 이를 모방한 제목의 책들이 여럿 한국에서 나왔다. 일찍이 전혜린의 에세이집 『그리고 아무 말도 하지 않았다』(1966)를 시작으로, 문경자 에세이집 『아무 말도 하지 않았다』(동천문학사, 2015), 김종국 시집 『그리고 아무 말도 하지 않았다』(밥북, 2019), 그리고 양문규 산문집 『꽃은 아무 말도 하지 않았다』(시와에세이, 2015)가 간행되었다. 아울러 미술관 창작스튜디오 입주작가전(2019)의 제목으로도 사용되었다. 뵐의 소설은 내용보다도 제목 한 줄이 우리 사회에 더 잘 먹힌 듯하다. 그 핵심은 '한마디도 하지 않았다'는 묵묵부답의 '침묵'에 있다.

그동안 우리 사회는 민주화 과정에서 침묵을 강요받거나 혹은 자발적으로 침묵하기 일쑤였다. 침묵은 언어의 반대편에서 언어보다 더 많은 말을 품고 있는 것이다. 보들레르는 『악의 꽃』에서 "열린 창문 안을 밖에서 바라보는 사람은 닫힌 창을 사람만큼 많은 것을 보고 있는 것은 결코 아니다"(「窓」)라고 말했다. 이처럼 침묵은 웅변보다도 더 많은 것을 발설하고 있는지도 모른다.

침묵이란 무엇인가? 사실 침묵은 여러 의미를 갖는다.

침묵은 사람의 소리나 소음이 뚝 끊어진 정적(靜寂)이 흐르는 상태를 말한다. 세상은 수많은 소리로 가득 차 있다. 잔소리를 비롯하여 잡음, 소음, 마찰음, 폭발음, 경고음, 잡담, 자연음 등등이 그것이다. 이런 가운데 침묵은 편안함을 안겨준다. 혹은 익숙한 소음으로부터 조성된 느닷없는 침묵은 불안감을 느끼게도 한다. 예컨대 생태학의 어머니라 불리는 레이첼 카슨이 전 세계에서 남용한 살충제의 위험을 널리 알린 『침묵의 봄』(1962)에서처럼 침묵은 무언가의 죽음이란 정보를 갖고 있다. 그래서 불안하다.

평소 우리는 가청권(可聽圈) 내에서 말소리, 모터 소리, 자연의 소리 등등 셀 수 없는 소리에 익숙해 있다. 그런 가운데 아무런 말도 하지 않는 묵언수행은 삶의 새로운 면들을 각성하게 해준다. 침묵은 언어에 가려진 삶과 세계의 깊은 곳으로 안내하고 가르쳐준다. 죽은 이의 안식을 위해 말없이 마음속으로 비는 묵념(默念)도 그렇다. 많은 말보다 침묵 속에서 위로하는 일은 더 큰 언어의 역할이기도 하다. 입 다문 아버지의 모습에서 느끼는 자식들의 두려움 같은 일종의 권위를 침묵은 갖고 있다. 김상용 시인이 「남으로 창을 내겠소」에서 "왜 사냐 건 웃지요."라고 했을 때 말 없는 웃음이 오히려 큰 삶의 대답이 되고 있다.

삶의 의미를 한마디로 대답하기란 쉽지 않다. 웃음이 그 순간을 대신해 준다. 퇴계는 '훈몽'(訓蒙)에서, "많이 가르치는 것은 싹을 뽑아 버림과 마찬가지 (多教等揠苗) / 큰 칭찬이 회초리보다 오히려 났네(大讚勝撻楚) / 자식에게 크게 어리석다 말하지 말고(莫謂渠愚迷) / 차라리 내 좋은 낯빛을 보이는 게 낫네(不如我顔好)"라고 하였다. 웃음은 침묵의 또 다른 모습이지만 잔소리나 웅변보다 더 큰 회초리의 가르침을 보여준다.

레이첼 카슨의 경고처럼 모든 것들이 농약으로 죽어 나가면 벌 떼들 나비들이 사라진다. 봄은 봄이지만 고요하다. 그만큼 고요나 침묵은 불안하다, 무언가의 죽음을 의미한다. 또한 침묵은 평온이고 당당함이며, 무언가 스스로가 획득한 자유를 보여주기도 한다.

침묵은 사람 또는 천지 같은 인격화된 존재들이 아무 말도 없이 잠잠히 있을 때를 말한다. 한용운의 「님의 침묵」처럼 절대자는 침묵 속에서 자신을 드러낸다. 침묵은 인간의 내면에서 무언가의 큰 음성을 듣게 해준다. 절대자의 소리이든, 사람의 소리이든, 인간의 입에서 나오는 모든 음성이 소멸한 경우,

침묵이 오히려 더 큰 소리로 기다리고 있다. "보고픈 어머님은… / 그리워 불러보는 이름이건만 / 지평선은 말이 없다 / 대답이 없다."라고 한, 이미자가 부른 「지평선은 말이 없다」(1966)는 것은, 어떤 희구(희망)의 상실을 뜻한다.

퇴계 이황은 17세 소년 왕 선조에게 「성학십도」를 만들어 바친다. 그 서문에서 '천무언어(天無言語: 하늘은 말씀이 없고), 도무형상(道無形象: 도는 형상이 없다)'이라고 하였다. 사실 하늘은 말씀이 없다. 그래서 공자는 『논어』에서 "하늘이 어찌 말을 하더냐?(天何言哉) 그래도 사시(四時)는 운행하고 만물은 생성된다. 하늘이 어찌 말을 하더냐?"라고 하였다. 천지의 말씀은 자신을 비우고 전적으로 그쪽을 향해 집중하며 받아들일 때 우리에게로 온다. 섬김과 모심은 이렇게 성립한다. 다시 말해서 침묵은 더 큰 것을 받아들이거나 혹은 마음에 들지 않는 것을 거부할 때 쓰인다. 시끄러운 시위나 침묵의 시위가 그것을 말해준다. 비밀스런 일들을 발설하지 않을 때, 어느 쪽으로도 동의하고 싶지 않을 때, 어느 쪽으로 이루어지던 상관이 없을 때, 어떤 일들이 모두 정지되었을 때, 침묵은 그 존재감을 드러낸다.

그러나 우리는 그 침묵이 무엇인지 안다. 침묵은 나라는 존재의 깊이가 갖는 양면성이기도 하다. 한쪽은 웅변으로 한쪽은 침묵으로 우리는 살아간다. "웅변은 은이고, 침묵은 금이다."라고 했을 때, 웅변도 중요하지만 침묵은 우리 삶에 더 많은 것을 상상하고 생각하게 해준다는 것을 뜻한다.

┃ '무의미'를 견디는 힘

시작도 끝도 없는 시간의 연속. 똑같은 일을 반복한다. 자고 일어나고, 또 자고 일어나고…. 또 출근하고 다시 퇴근하는 일과의 반복이다. 그러다가 문득 "왜, 이 짓을 하고 있지?" "이게 무슨 의미가 있지?" 라는 생각도 해본다. 한 마디로 삶은 별 의미가 없다. 기어코 내가 살지 않아도 이 세상은 잘 굴러가고, 내가 무언가를 하지 않아도 아무 탈 없이 잘 풀려간다. 그래서 나의 모든 것은 사실 무의미하다.

이성복의 시「음악」에서는 말한다. **"비 오는 날 차 안에서 / 음악을 들으면 / 누군가 내 삶을 / 대신 살고 있다는 느낌 / (중략) / 굳이 내가 살지 / 않아도 될 삶 / 누구의 것도 아닌 입술 / 거기 내 마른 입술을 / 가만히 포개어 본다"** 그렇다. 이미 누군가 나와 유사한 삶을 나처럼 잘들 살아가고 있다. 굳이, 굳이, 먹고 마시고 싸우고 사랑하며 기어코 '내'가 살지 않아도 된다.

긴 역사 속에서 살아가며 무언가를 남기는 일이란, 따지고 보면 아무 의미 없다. 죽음이라는 마지막 순간을 향해가지만 그런 동안을 살아내야만 할, 무의미-부조리한 존재를 알베르 까뮈는『시지프스 신화』에서 그려내고 있다.

이 지구상에는 어쩔래야 어쩔 수 없는 전쟁이 존재한다. 종교상의 이유로, 또는 영토 확장을 위해서, 자신들이 '살아야 할 이유'를 위해 싸우다가 죽어가고 있다. 스스로 살아야 할 이유가 바로 스스로 '죽을 이유'가 되는 아이러니 속에 있다. 전쟁을 포함하여 우리들의 삶 자체가 자기모순을 껴안고 있는 부조리한 것이다. 그래서 까뮈는 이러한 인간 존재의 부조리를 극복하는 방법을 말해준다.

먼저 ‘자살’이다. 그러나 이것은 부조리로부터의 도피이지 참된 자유를 얻는 것은 아니다. 그래서 받아들일 수 없다. 생명의 종언은 세계로부터의 소멸이다.

다음으로, ‘맹신’(盲信)이다. 부조리를 넘어선 어떤 ‘이유’, 예컨대 부조리를 전지전능한 신이 내린 시련으로 간주하게 되면 그것은 곧 부조리한 것이 아니게 된다. 실존에 앞서는 ‘본질’이라는 근거를 까뮈는 허용하지 않기에, 이런 식의 맹신을 ‘철학적 자살’로 부정한다. 그 본질이 종교적이든 과학적이건 합리적이건, 부조리를 넘어서려는 모든 안이한 맹신(신앙)은 곧 ‘철학적 자살’이다.

마지막으로 ‘반항’이다. 이것은 이 세상이 부조리한 것을 그대로 받아 들이고, 모든 진실을 다 껴안은 듯한 종교적, 과학적, 합리적인 ‘본질’이 존재하지 않음을 이해하는 것이다. 다시 말해서 인생이 부조리―무의미함을 그대로 받아들이는 것이다. 그런 다음에 반항하며 사는 방법을 택하는 것이다. 이것을 그는 ‘형이상학적 반항’이라고 부른다. 사실 모든 것이 무의미하고, 더구나 삶의 부조리를 규정해 줄 어떤 본질적 근거도 없다면, 오히려 그것이 인간의 자유로움을 웅변하는 것이 아닐까. 즉 어차피 부조리―무의미하다면 이렇게도 저렇게도 ‘할’ 수 있고, 또 ‘될’ 수 있다. 스스로 선택하고 결단하며 살아가 면 된다. 까뮈는 글쓰기를 통해 반항하는 길을 택했다. 총 대신 펜을 들었다. 이렇듯, 누구나 자신이 하고 싶은 것을 택해서 부조리에 저항하면 된다. 그림을 그리든, 여행을 하든, 농사를 짓든, 장사를 하든, 스스로 하고 싶은 것을 하는 것이 부조리―무의미를 이기는 길이다.

자기 스스로를 만들어 가는 자연(自然)에는 노동도 예술도 학문도 역사도 없다. 그런 자유는 개념도 없이, 생각도 없이 그냥 '지속'일 뿐이다. 언어와 사유를 가진 인간만이 노동과 예술과 학문과 역사를 만들어 간다. 무의미에 무기력하게 패배하는 삶이 아닌, 부조리를 넘어설 어떤 이유를 만들고 거기에 맹목적으로 기대는 삶이 아닌 존재로 산다는 것. 그것은 스스로 하고 싶은 일을 찾아 '홀로 가끔 여럿이' 해 가면 된다.

까짓것, '굳이 내가 살아야' 하는 이유는 삶 자체의 부조리에 있다. 그 '이유'를 묻지 말고, 스스로를 있는 그대로 받아들이는 마음이 '무의미를 견디는 힘'이다. 무엇이든 '하고' 그래서 무언가가 '되면' 된다. 그것이 바로 의미이다.

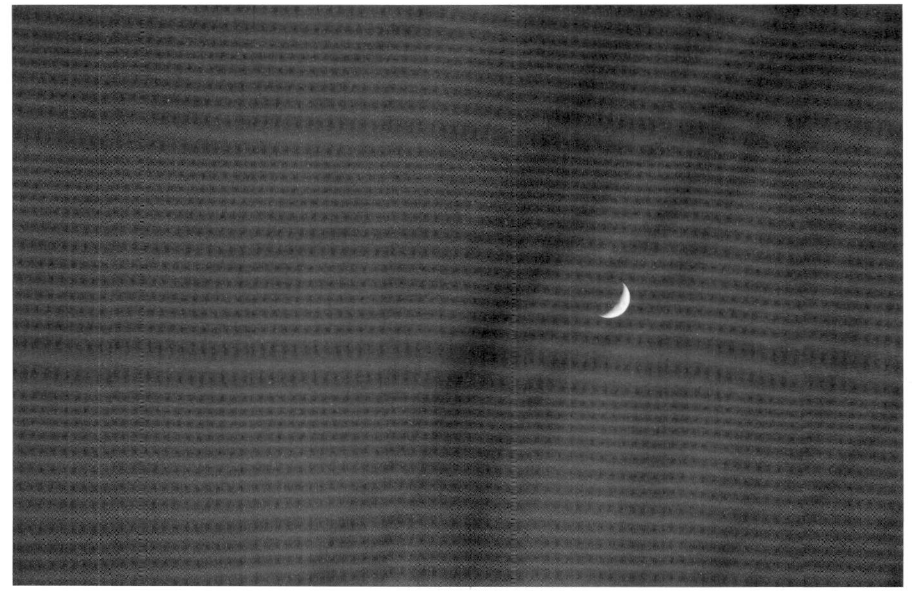

낮달이 슬퍼라ⓒ원춘호

│ **마음의 저쪽, 이쪽**

"더 잘 보려고, 일부러 문밖으로 나올 필요가 없네. 더 잘 보려고 일부러 창밖을 볼 필요가 없네. 마음 깊은 곳을 응시하고 있으면, 저절로 세상이 보이기 시작하네."

미국인 철학자 프레드 달마이르(Fred Dallmayr)가 쓴 『오리엔탈리즘을 넘어(Beyond Orientalism)』라는 책, 그 마지막에 인용한 『노자』(왕필본) 47장의 일부 내용이다.

자신에 응시할수록 세상이 더 잘 보인다는 뜻은 무엇일까. 밖으로 눈 돌려 쳐다보면 볼수록 그 욕망이 도리어 자신을 스스로로부터 소외시키고 생명력을 고갈시켜, 결국 세상으로부터 등진다는 역설을 말한다. 밖으로 향한 욕망이 스스로를 잡아먹는 괴물이거나 자신의 생명을 묻는 무덤이 된다니! 무서운 말이다. 천지의 박자가 나의 심장과 맥박이 뛰는 소리이고, 지구의 밤낮, 해와 달의 변화는 내 눈의 깜빡거림이다. 호흡은 지상의 바람이며, 웃음은 해 맑은 빛살이고 울음은 내리는 빗줄기이다. 이처럼 내 몸에 우주 생명이 살아 움직이니 그것을 그대로 볼 수 있는 눈은 세상의 진실을 살피는 창문이다.

발타자르 그라시안은 『지혜서』 속 「자기 자신을 알라」는 대목에서, "얼굴을 비추는 거울은 매우 많지만, 마음을 보여주는 거울은 오직 자기 성찰 뿐이다."라고 했다. 눈을 감아야 보이기 시작하는 스스로의 무색투명한 '마음'. 보이지 않는 자신의 내면을 보려면 바깥을 보는 눈을 감아야 한다. "눈 감으면 떠오르는 고향의 강"처럼, 바깥의 무언가를 보지 않을 때 자기 안쪽의 것들이 보여 대면할 수 있는 것이다. 성찰(省察)의 '성(省)' 자는 '세상을 보는 눈을 작게 하는 것'이며, '마음속의 목록(=욕망)을 줄이는 것'이다. '생략, 생략…' 해가다 보면 남는 것은 자기 자신이다. 하여, 스스로에 대해서, 번민하는 어떤 문제에 대해, 선명하고도 깊이 있게 '살필[=찰察]' 수 있을 것이다.

　몽테뉴는 『에세이』 속 「세 가지 사귐에 대하여」에서, "내 사는 자리가 외롭고 쓸쓸한 것은, 진실을 말하면 오히려 나를 뻗쳐서 밖으로 키워 준다."고 했다. 외진 곳에 처박혀 있을수록 더 넓고 더 큰 세상으로 마음이 향한다는 갈이다. 좁고 구석진, 어둡고 가려진 '동굴' 속에 있는 존재가 더 광대, 광덩한 세상을 열망할 수 있다. '동굴(洞窟)'. 지금까지 보지 못한 새로운 것을 만나기 위해서는 한동안 푹 꺼진, 보이지 않는 이 은폐, 은둔의 공간이 필요하다. 동굴의 '동'은 통찰(洞察)의 '통'이기도 하다. 그렇다면 동굴은 통찰의 고향이자 모태이다.

　우리는 마음의 '바깥＝저쪽'으로 혹은 '안쪽＝이쪽'으로 서성대고 두리 번거리나, 사실 바깥 저쪽으로 더 많은 시간을 허비하며 산다. 생명력의 대부분을 '눈, 코, 귀, 입, 피부'의 감각에 붙들려 더 달콤하고 더 감미롭고 더 자극적인 미지의 세계로 떠돌아다니며 힘을 소진한다. 그러다가 끝내 자신을 마감한다면, 그것은 과연 감각만의 종언일까. 다 돌아보지 못한 안쪽, 닫힌 창의 이쪽, 그것이 궁금하다.

　아마 저 무언의 대지가 바로 우리 생명의 안쪽이 아닐까. 눈 내리는 저곳이, 혹시 오래된 창 안쪽, 자신의 둥경이라는 희망도 가져본다. 어차피 나는 대지의 존재이니까.

▎야스퍼스가 만난 '목조미륵반가사유상'

　1942년 하이델베르크의 가을 오후, 당시 죠치대(上智大)를 졸업한 뒤 훔볼트장학금을 받아 독일에 머물고 있던 시노하라 세이에이(篠原正瑛, 1912－2001. 철학자)가 하이델베르크대학의 뒤쪽에 있는 독일의 철학자 칼 야스퍼스(Karl Jaspers. 1883－1969)의 자택을 방문한 적이 있다.

　그때 야스퍼스는 서재에서 무언가를 골똘히 생각하고 있었다. 마침 이때 시노하라 세이에이는 죽음[死]에 대한 철학적 번민을 잔뜩 껴안고 있던 터였다. 그는 '죽음'이라는 철학적 문제에 대해 야스퍼스에게 질문을 던졌다. 그러자 야스퍼스는 이런저런 자신의 견해를 피력하다가 이렇게 말한다.

　모든 생의 순간에서 죽음을 파악하고, 인간 '실존'의 최후의 바닥에 부딪혔을 때 거기서 비로소 우리는 '죽는 것을 배울 수 있었다'고 말할 수 있습니다. 거기에는 인간이 가진 일체의 단순한 지상적인 것－기쁨도, 괴로움도, 성냄도, 근심도－을 넘어선, '인간에 있어서 절대적인 것'의 세계가 있습니다. 그것은 인간 자신 속에 있는 절대 불변하는 세계이며, 영원히 생명을 지닌 것의 세계인 것입니다.

　그러고 나서 야스퍼스는 "이것을 보세요."라 하며, 책상 서랍에서 한 장의 사진을 꺼내서 시노하라에게 보여주었다. 그것은 어떤 일본의 책에서 잘라낸 것 같은 불상의 사진이었다. 그 아래 인쇄된 일본어 문장의 설명에서, 그 불상이 코류지(廣隆寺)의 '미륵보살상'(＝목조미륵반가사유상(木造彌勒半跏思惟像))임을 알았다.

　야스퍼스는 그에게 그 불상이 중국에서 건너간 것인지, 일본에서 만들어진 것인지를 물었다. 그러고 나서 다음과 같이 언급한다.

독일의 철학자 '칼 야스퍼스'

　　나는 지금까지 철학자로서 인간 존재의 최고로 완성된 모습을 드러낸, 여러 가지 뛰어난 예술작품에 접해왔습니다. 고대 그리스 신들의 조각상도 보았으며, 로마 시대에 만들어진 많은 뛰어난 기독교적 예술품도 보아왔습니다. 그러나 이러한 것들의 어느 것에서나 여전히 완전히 초극되지 않은, 단순히 지상적 인간적인 냄새가 남아 있었습니다. 인간의 예지와 미의 최고 이념을 표현하고자 한 고대 그리스의 신들의 조각상에도 지상적인 인간의 얼룩과 감정이 초극되지 않은 채 여전히 어딘가에 남아 있었습니다. 기독교적인 사랑의 이상적 특징을 드러내고자 한 로마시대의 종교적 예술작품에도, 인간 존재 속의 참으로 정화된 사랑의 기쁨이라는 것이 완전히 표현되지는 못했다고 생각합니다. 이와 같이 그 어느 것에도, 비록 정도의 차이는 있어도, 여전히 지상적인 것에서 벗어나지 않은 인간 모습의 표현으로, 진정 인간 '실존'의 깊은 곳까지 도달한 인간 존재를 드러낸 것은 아니었습니다. 그런데 저 코류지(廣隆寺)의 불상에는 참으로 완성된 인간 '실존'의 최고 이념이 남김없이 표현되어 있습니다. 그것은 이 지상의 시간적인 속박을 넘어서 도달한 인간 존재의 가장 청정한, 가장 원만한, 가장 영원한 모습을 드러내었다고 생각합니다. 나는 오늘날까지 몇십 년간 철학자로서의 생애에서, 이 정도로 인간 '실존'의 참으로 완성된 모습을 구현한 예술품을 여태껏 본 적이 없었습니다. 이 불상은 우리들 인간이 가진 '인간 실존에서 영원한 것'의 이념을 진정 남김없이 완전 무결하게 드러내고 있는 것입니다….[14]

---

14)篠原正瑛, 『敗戰の彼岸にあるもの』, (弘文堂, 1949), 99~100쪽.
유홍준은 『나의 문화유산 답사기 : 일본편 3 교토의 역사』에서, 이 시노하라 세이에이의 『패전의 저편에 있는 것(敗戰の彼岸にあるもの)』의 내용을, 코류지 안내서에서 재인용하고 있다. [유홍준, 『나의 문화유산 답사기 : 일본편 3 교토의 역사』, (창비, 2014), 27~28쪽].
여기서 유홍준은 "독일의 철학자 칼 야스퍼스는 1945년 가을, 2차 대전이 끝난 직후 일본에 와서, 교토 코류지(廣隆寺)의 목조미륵반가사유상'(木造彌勒半跏思惟像, 7기 전반 경)을 보고 다음과 같은 찬사를 남긴 바 있다."고 언급 하였는데, 실제 원서에 보면 그런 내용은 없다. 아울러 인용한 내용도 축약되는 등의 오류가 있음을 살필 수 있다.

코류지의 불상 즉 '목조미륵반가사유상'의 국적이 한국인가 일본인가를 두고 여러 논의가 있다. 그러나 분명한 것은 불상의 양식이 우리나라 '삼국 시대의 것'이고 '한반도에서 건너간[渡來] 양식'이라는 점이다.[15]

야스퍼스는 이 불상을 두고 '극도로 완성된 인간 실존의 최고 이념이 남김 없이 표현'한 것, '지상의 시간과 속박을 넘어서 달관한 인간 실존의 가장 깨끗 하고, 가장 원만하고, 가장 영원한 모습의 상징', '인간 실존의 진실로 평화로운 모습을 구현한 예술품'으로 보았다. 야스퍼스가 발견한 불상은 (神性이 아닌) 인간 실존의 절대성, 영원성, 아름다움의 극치를 보여주는, 종교와 예술이 합치된 '예술품'이었다.

코류지의 '목조미륵반가사유상'

금동 미륵보살 반가사유상_국립중앙박물관 '사유의 방' ⓒ원춘호

---

15)유홍준, 『나의 문화유산 답사기 : 일본편 3 교토의 역사』, (창비, 2014), 32쪽 참조.

나는 꽃을 좋아하지 않는다. 꽃이 피는 순간 그것은 이미 지고 있기 때문이다. 봄꽃 진 다음엔 곧 여름이 온다. 그다음은 가을 아닌가. 그래서 꽃은 이어지는 계절을 미리미리 알려주는 계절의 예언자처럼 보인다.

눈에 병이 들면 생기는 꽃-공화(空花). 마치 있지도 않은 꽃이 눈 속에서 어지러이 흩날리듯 온통 벚꽃이었던 3월의 거리. 누드처럼, 있는 속내를 다 보여주었던 환(幻)의 시간이었다. 그쪽으로 마음의 발(心之足)은 종종걸음치며 달려갔다. 그 끝엔 낙화라는 단절의 낭떠러지가 있지만, 아랑곳하지 않는다. 떠날 때를 알고 하직(下直)하는 것들의 종말, 그 자리는 언제나 텅 비어있다. 그 무언의 터는 모두 '한때'였음을 알려준다.

화무십일홍(花無十日紅)-꽃은 100일간을 붉게 피는 것이 없다. 이 말에서 새겨야 할 글자는 '무(無)'자이다. 꽃이 '무'를 알려주는 것이 아니라, 무가 스스로의 위치를 붉은색으로 강조 표시해 둔 것이다. 붉은 곳이 곧 무이다. 그곳이 스스로의 요람이자 무덤이다.

사실 세상의 모든 꽃들은 지기 위해서 핀다. 그렇다면 당연히 '꽃다운 나이'라는 말 속에도 곧 그 시절이 지나갈 거라는 암시가 들어있다. 그래도 꽃답고 싶은 사람들이 있다. 질 때 지더라도 일단 펴보는 것이다. 아무리 "화무십일홍, 달도 차면 기운다"고 해도 꽃은 피고 싶고, 달은 꽉 차고 싶은 것이다. 그런 마지막 순간을 향해 달려간다.

물론 꽃에게는 핀다느니 진다느니 하는 의식이 일체 없다. 애당초 그들에게는 그런 인간의 언어가 적용되지 않는다. "개는 짖어도 개라는 낱말은 짖지 않는다"라는 말처럼 "꽃은 피어도 꽃이라는 낱말은 피지 않는다." '꽃'

과 '핀다' 는 말은 애당초 인간이 만든 것이므로 인간들의 사건이다. '그 무엇' 을 바라보고 인간이 그렇게 생각해서, 그렇게 이름을 붙인 것이다.

'그 무엇' 은 호칭을 가지지 않으면 아무것도 아니다. 그냥 어둠과 침묵 속에서 견디고 있을 뿐이다. 그것을 '꽃' 이다 '핀다' 라고 하고 나니, 비로소 구체적 시간과 공간을 갖게 되는 것이다. 이름이 없다면 그것은 '지금, 여기' 에 설 자리가 없다. 공간과 시간을 상실했기 때문이다.

그 무언가를 '꽃' 이라 하고 '핀다'고 하여 인간의 시공간 속에 데려올 수 있었다면, 아무것도 피지 않는 동안의 그것은 무엇이라 해야 할까. 어떻게 불러주어야 마땅할까.

"무언가를 앞서서 알게 해주는 것 즉 이것저것을 미리 식별하도록 하는 것(前識者)은(도의 뿌리가 아니고) 그 화려한 꽃이며(道之華) 그것은 바로 어리석음의 시작(愚之始)이다" 라고 한 『노자』의 지적이 마음에 걸린다.

무언가를 자꾸 미리 알려주는 꽃. 그렇게 일일이 형광펜으로 색칠해 놓는 봄. 그런 지적과 알림 표시들은 늘 불안하다. 화려한 것들은 모두 지나가기 마련이니 미리 알려둔 것이겠지. 결국 남는 것은 원 둥치나 바탕이니까 그때 추억해 보라는 뜻이겠지. 이렇게 생각도 해본다.

아무 꾸밈없이 그저 한 성질하며 자기 쪼대로 사는 사람들은 꽃 없이 사는 사람들이다. 한때 빛남도 없이, 어리무던하게 견디는 무언과 침묵의 신록이 그렇다. 이름도 훈장도 없이 그저 그대로 흘러가는 4월, 이 순간도 괜찮다.

아직 '걷지 않은 길'은 그냥 '가능성'으로서만 있다. 그것은 '이미 있는 것'이지만 그러나 우리는 그것이 어디에, 어떻게 있는지 알 길이 없다. 그래서 장자는 말했다. "이미 그렇게 있는데도 그러한 존재를 알지 못하는 것을 길이라고 한다(已而不知其然, 謂之道)"(『장자』,「제물론」) 그는 또 말한다.

"길은 걸어 다니니까 그렇게 만들어지고, 사물은 그렇게 부르니까 그렇게 이름 붙여진 것이다. 왜 그럴까? 그러니까 그런 것이다. 어째서 그렇지 않은 것일까? 그렇지 않으니까 그렇지 않은 것이다. 어떤 것도 본디 다 그럴 수 있고 또 다 맞는 것이다. '안 그래!'라고 할 것이 없고, '안돼!'라고 할 것이 없다."(道行之而成, 物謂之而然, 惡乎然, 然於然, 惡乎不然, 不然於不然, 物固有所然, 物固有所可. 無物不然, 無物不可)(『장자』,「제물론」)

누군가의 길은 그가 걸어 다녀야 생겨나는 것이다. 그러니까 그것은 걸어 다니지 않으면 알 수 없으므로 미지의 어딘가에 그저 신비롭게 숨어 있는 것이다.

그 신비의 길은 마치 타오르는 불꽃처럼 알 수 없는 곳에서 훨훨 타오르고는 있지만, 그것이 과연 어떤 것인지는 아직 증명되지 않은 것이다. 누군가의 '걸어 다니는' 방식(형식, 스타일)에 의해 드러날 길(道). '발견되지 않은 길'과 '걸어 다녀서 드러난 길' 사이에는 단절(틈새, 간격)이 있다. 그것은 '걸어 다니는 행위'라는 언어에 의해 메워진다. 그렇다면 끝까지 살아 봐야 한 인간의 길은 드러나고, 한 해를 지나 봐야 나무 한 그루의 모습을 온전히 살필 수 있다.

물론 의상(義湘) 스님이라면─법성게」(7언 30구, 210자)를 딱 여덟 자 "행행 도처, 지지발처(行行到處至至發處)"로 축약했던 것처럼 ─ 어허, "걸어도 걸어도 그 자리, 가도 가도 떠난 자리"야, 라고 할 수 있다. 수고스럽게 걸어 다녀 봤자 "그곳이 그곳이야!"라고 하신다면 할 말은 없다. 그러나 어쨌든 가보지 않은 길의 윤곽은 실제로 다 걸어 다녀 봐야 비로소 드러나는 법이다. 그러나 어쩌랴. 아쉽게도 걸었던 길들은 다시 묻혀버린다. 망각 속으로 곧 사라져 버린다.

사실 우리의 삶은 처음에 신비롭게 상상할 수많은 가능성을 가지고 출발한다. 하지만, 앞만 쳐다보며 살아가면서 그 가능성에 한계가 생기고, 서서히 삶의 신비도 그 빛을 잃어버리고 만다. 훨훨 타오르던 꿈의 불꽃은 하나둘씩 꺼져버린다. 결국 한 줄의 이력으로나 한두 마디의 짧디짧은 이야기로만 남게 된다. 흔해 빠진 숱한 이야기들처럼 아무런 비밀도 없이 그저 무의미한 이야기로만. 한 줄, 한 줌도 안 되는 삶의 이야기, 아니 한 점의 이미지로 변해 초라해지고 말 것이다. 물론 숨을 거두기 전에 '짠~!' 하고 삶의 신비가 '갑툭튀'(갑자기 툭 튀어나옴)하여, 순간 삶의 신비를 되찾을 수도 있겠지만. 그러나 그런 순간이 오리란 보장도 없다.[16] 걸어 다니는 동안에 길은 숨어 있고, 아직 다녀 보지 않은 길에는 그 길이란 언어가 존재하지 않는다. 조르조 아감벤은 "글이 있는 곳에 불은 꺼져 있고 신비가 있는 곳에 서사는 존재하지 않는다."[17] 고 했다.

우리가 꿈꾸는 길에는 이정표가 세워져 있다. 미지의 길을 가늠하도록 가리킨다. 그 이정표란 한껏 숨을 내쉬며 걸어 다니는 '걸음걸이'라는 언어이다. 따지고 보면 "오늘도 걷는다마는"의 행위는 타고 있는 미지의 불꽃을 향해서 가는 힘든 인생 행로의 걸음걸이이다. 하나의 치유할 수 없는 '상처'이다. "정처 없는 이 발길"로 눈물 흘리고, 피 흘리는 상처. 그것을 우리는 이력이고, 삶의 스타일이라고 미화한다. 그러나 희노애락애오욕, 부귀영화… 같은 인생의 부침(浮沈)을 어쩔 것인가?

---

16)조르조 아감벤, 『불과 글: 우리의 글쓰기가 가야할 길』, 윤병언 옮김, (책세상, 2016), 22쪽을 참고하여 필자의 스타일로 다듬었음.
17)조르조 아감벤, 같은 책, 20쪽.

상처 입지 않은 길이 어디 있으랴! 모든 작업, 그로 인해 생겨났던 모든 작품은 그 누군가가 길을 향해 걷던 희망, 열정, 숨결이라는 상처를 은폐하고 있다. 차갑게 표정마저, 이정표마저 싸악 지워버리고 있으나, 망각 속에 폐허가 된, 잡초 우거진, 한때 뜨거웠던 푸른 길들-이런 상처를 발견할 사람이 또한 작가이다. 폐허의 심연에서 들려오는 신음 소리, 회한의 목소리를 들을 수 있는 자 말이다. 누군가 정처 없이 걸었던 그 걸음걸이의 푸른 불꽃을 어떻게 다시 피워내야 하는지, 그 언어에 응시할 수 있는 것이 다름 아닌 작가의 사명이다.

조르조 아감벤은 말한다. "스스로의 언어를 관찰할 줄 모르고 사랑하기만 하는 사람, 자신의 언어 속에 숨어 있는 애가를 참을성 있게 읽지 못하고 깊은 곳에서 울려 퍼지는 송가를 들을 줄 도르는 사람은 작가라 할 수 없다." [18]

우거진 한 때ⓒ원춘호

18)조르조 아감벤, 같은 책, 19쪽.

욕망과 삶의 불꽃
오스카 코코슈카의 「바람의 신부」 생각

무명(無名)·풍(風), 무명=풍

인간의 욕망은 한이 없다. 맹목적으로 '조금만 더 조금 만 더' 하고 원한 다. 고은이 「여수(旅愁)」라는 시 가운데서 읊었다 : "서귀읍 앞바다에 비가 내린다 / 껴안아도 / 또 껴안아도 / 아득한 아내의 허리" 라고. 이처럼 욕망은 부여 잡아도 부여잡아도 참 아득하고 끝없는 것 아닌가.

오스카 코코슈카가 그린 「바람의 신부(1914)」를 보고 있으면 허망함이 밀려 온다. 그렇다. 수컷들이 '껴안고 또 껴안는' 저 암컷들은, 그들(수컷들) 팔 너머에서 그네들(암컷들)의 잠에 취해 있을 뿐, 수컷들을 전혀 쳐다보지 않 는다.

바람의 신부(Bride of the Wind_1914. 캔버스에 유채. 스위스 바젤 미술관 소장

　"나는 삼중으로 고향이 없다. 오스트리아 안에서는 보헤미아인으로, 독일인 중에서는 오스트리아인으로, 세계 안에서는 유대인으로서. 어디에서도 이방인이고 환영 받지 못한다."고 했던 작곡가 구스타프 말러. 그는 부인 알마에게도 환영받지 못했다. 바람둥이였던 알마는, 한 마디로 '그녀를 위해 살다, 그녀를 위해 죽었다'. 첫 남편 말러가 유작 교향곡 제10번 악보의 마지막 페이지 여백에 남긴, "오직 너만이 이 뜻을 이해할 테지. 안녕, 안녕, 나의 리라… 당신을 위해 살고 당신을 위해 죽는다, 알마."라는 유언이 잘 말해준다.

　말러의 삶과 음악에서 느끼는 불안감, 고독감, 아니 공황장애 증상은 부인 알마의 바람기 탓도 있다. 그녀의 마지막 이름은 '알마 마리아 쉰들러 말러-그로피우스-베르펠' 이다. 그로피우스는 건축가인 두 번째 남편. 베르펠은 작가인 세 번째 남편. 그 틈틈 간주곡처럼 많은 예술가들과 사랑을 나눈다. 그녀는 '비엔나의 아름다운 꽃' 이었다. 수컷들은 불나비처럼 그녀의 매혹 속으로 빠져 들어갔다.

　첫 남편 말러가 세상을 떠나자 그녀의 연인 화가 코코슈카는 불안했다. 바람둥이 알마가 혹여나, 바람처럼, 사라지지나 않을까 해서였다. 통째로 다 가지고 싶었으나 가질 수 없는 여인. 그 절망감 끝에 누워 번뇌와 망상의 언덕을 터벅터벅 걸어 오르나, 한 마디로 애만 태우는 '사랑의 불쏘 시개'였다. 코코슈카의 눈은 천정을 멍하게 쳐다보고 있다. 눈을 감지 못하는 그의 왼쪽 팔에 알마가 안겨 있으나. 아니, 안고 있는 것이 아니라 마치 놓친 것 같다. 탄면, 알마는 무릎을 살짝 굽히고 옆으로 누워 포근히 잠들어 있다. … 그랬을까. 그녀는 내숭 떨며 잠든 척했을 수도. 코코슈카 따위에는 이미 관심이 없고 마음은 또 다른 콩밭으로. 그러니까 다른 남자에게 가 있을 수도 있다. 여하튼 그녀는 일단 눈을 감고 있다. 이렇게 두 사람은 대조적이다. 죽은 남편 말러 생전의 불안감이나 과부 알마를 차지한 코코슈카의 불안감이나, 오십보백보 같다.

끊임없는 벗김(=탈신비화–노출–까발림)과 감춤(=은폐–금기–신비화)의 아슬아슬한 경계선에서 머뭇거리는 남녀 간의 사랑이란, 생성–탄생의 자리인 동시에 소멸–파멸의 자리이다. 불타오름–불붙음인 동시에 불사름–불꺼짐이다. 불을 볼까, 재를 볼까 차이 뿐이다. 끝없이 잡고 싶어 하는 '마지막 어휘'(final vocabulary)인 동시에 정작 그 앞에만 서면 간질맛 나게 달아나는 … 어지럼증 … 떨림의 정신적 경련(mental cramp)이다. 삶 자체가 참 얄궂다. 사랑은 더 기가 찬다. 뜬금없는 바람, 무명=풍이다. 그 바람은 "산 위에서 부는 바람 시원한 바람 그 바람은 좋은 바람 고마운 바람"이다. 그러면서 "부질없는 내 마음에 바보 같이 눈물만 흐르네. 바람아 멈추어 다오"라고 외치는, 부질없는 짓이다.

썼다가 지울 이름, 몸도 경전도

몸과 마음은 세상이라는 광야, 그 허허벌판에 펄럭댄다. 소리 없는 아우성 … 깃발이 욕망 아닌가. 그것은 몸에다 심지를 대고 온갖 그림과 글씨를 써댄다. 모두 '썼다가 지울 이름'(sous rature)들이다. 함민복이 몸에 붙은 남성의 성기를 "족보 쓰는 신성한 필기구다. 다시는 낙서하지 말자!"라고 했지만, 어디 성기만 그렇겠나. 부처의 가르침도, 그것을 적은 경전도, 모두 우리 뇌리에다 써대는 필기구 아닌가. 벽에다 갈겨대는 낙서질 아닌가.

티베트 불교의 경전을 적어 넣은 붉은 천–타르쵸가 떠오른다. 우리 몸은 욕망이 흔드는 타르쵸인가. 인연 따라 읽고 읽히는, 욕망의 불로 타들어 가는, 다 타고서 몇 장 남지 않은 애달픈 경전인가.

　타르쵸-사막이나 돌무더기 언덕에 꽂혀 휘날리는 깃발의 경전. 이리저리 바람이 불 적마다 펄럭펄럭. 부처의 말씀은 천지사방으로 휘날려 퍼져나간다는데. 바람 속의 경전을 바람도 읽고, 햇빛도 읽고, 달빛도 읽는다는데. 돌도, 벌레도, 나무도, 모래도 흙도, 먼지도 읽는다는데. 아니 개나 소나 다 읽는다는데. 모든 바람의 스치면 깃발은 펄럭펄럭, 부르르 … 부르르 허공에서 휘날리고 몸을 떤다. 업(까르마)이다. 그것이 경전을 읽는 소리다. 떨리는 … 아픈 깃발의 소리, 몸의 소리, 모든 업이 다 경전을 읽는 소리 아니겠나.

겨울을 맞는 나무의 태도ⓒ원춘호

허접한 것이 경전이라, 그래서 더 고귀한 거라. 이름 없는 풀이라, 쓰잘데 없는 짓거리라서 더 고귀한 거다. 일자무식, 천박한 것들, 마구간이나 닭집 개집에서 싸대는 말똥 소똥 돼지똥 닭똥 개똥이 다 글씨고, 귀한 경전 인지라. 왜냐고? 애당초 부처의 말씀은 밑 닦는 휴지, 우는 아이 달래는 종이돈이니, 그런 허접쓰레기 같은 데다 적은 것이니, 어딘들 적지 못하고 어디 적힌들 그것 아니라 할 수 있으랴. 몸은 필기구인 동시에 노트이다. 적는 것인 동시에 세상이 적히는 곳이다.

'신발 한 짝'을 벗어 메고

'오늘도 걷는다마는…' 삶은 본래 정처가 없다. 맨발로 왔다가 다시 맨발로 떠난다. 그래서 맨발은, 한편으로는 삶이고 한편으로는 죽음이다. 맨발은 삶과 죽음이 동시에 걷고 있는 걸음걸이다.

달마는 '좌선' 이라는 실천 수행을 주장했기 때문에 당시 융성했던 학문 불교로부터 원한을 사서 마침내 독약을 받아먹고 입적했다. 독살된 뒤 달마의 유체를 제자들은 다비하지 않고 하남성의 웅이산(熊耳山) 정림사(定林寺)에서 장례를 치른 뒤 석관(石棺)에 묻었다. 장사 지낸 지 삼 년째 되던 해. 달마는 짚신 한 짝을 지팡이에 꿰어 어깨에 메고 인도로 되돌아갔다는데. 마침 위나라 사신 송운(宋雲)이 서역을 다녀오는 길에, 한쪽 손에 신발을 든, 달마를 닮은 승려를 만나 '어디로 가는가?' 라고 묻자 '서인도로 간다'고 말했다 한다. 달마 같다는 송운의 제보로, 확인차 웅이산을 찾아, 달마의 석관을 열자, 아뿔싸, 그의 유체는 없고 단지 신발 한 짝만 남아 있었다는 이야기가 전한다.

『무문관(無門關)』에도 신발을 벗어 드는 장면이 삽입되어 있다.

어느 날 동당(東堂) 서당(西堂) 간에 고양 한 마리를 놓고 시비가 벌어 졌다. 이 광경을 보다 못해 남전(南泉) 선사가 고양이를 치켜들고, 수행자들을 깨우치게 하고 싶어서, 이렇게 말한다. "자네 들이 무언가 한마디 하면 이 고양이를 살려줄 것이고 제대로 말 못 해대면 이 고양이 목을 쳐버리겠다." 대중 가운데서 한 사람도 대답이 없었다. 그러자 남전선사는 마침내 고양이 목을 잘라버렸다. (불교에서는 불살생계가 있음에도 부득이한 극단적 조치였다.) 밤늦게 조주(趙州)스님이 외출했다가 돌아왔는데, 남전선사는 낮에 절간에서 있었던 일을 그에게 들려줬다. 그 말을 듣자마자 조주스님은 아무 말 없이 신발(履)을 벗어서 머리 위에 이고 나가버렸다. 남전 선사가 "자네가 있었더 라면 고양이를 구했을 텐데 말이지." 라고 하였다.

'신발을 벗어서 머리에다 신고—아니, 뒤집어쓰고—맨발로 성큼성큼 밖으로 걸어 나갔다는 것'은 '신발 한 짝'을 오른쪽 어깨에 달아 메고 맨발로 서역 으로 돌아가는 달마와 똑 닮았다.

예전 중국에서는 신발을 짚으로 엮어서 만들었으니, 머리에다 짚으로 된 신발을 뒤집어썼다는 말은 상(喪)을 당했다는 표시, 즉 죽음을 암시한다. 나라는 존자 자체(=온몸)를 다 벗어서 뒤집어썼다는 것, '죽었다!' 는 의미 아니냐! 조주는 온몸으로 열심히 글씨 한 자를 써대고 있었다. 죽음=무이다. 그쪽으로 그는 성큼성큼 걸어 나가고 있었다. 고양이라는 상(相)(=想)에 걸려, 한마디도 대꾸 못 하는 엉거주춤한 대중들 가운데서, 조주는 무(無)가 되어, 그쪽으로, 문을 만들어 뚫고 나가라며, 열심히 허공에 대고 글자를 써 대었던 것이다. 그랬다면 고양이는 분명 죽임을 당하지 않았으리라고.

생각의 '촛불'…이 풍진세상의 아름다운 어휘

어차피 '썼다가 지울 이름'이라면, 어디에다 무엇을, 어떻게 쓸 것인가. 자어디 한번 써보자. 어디, 몸은 '족보 쓰는 신성한 필기구'인지, '사경(寫經)하는 붓'인지, 아니면 '허공이거나 경전'이거나…. 할!

나에게 오스카 코코슈카의 「바람의 신부」는 황무지 위에 휘날리는 붉은 깃발, 타르쵸로 읽힌다. 그것은 개나 소나 써대는 글씨, 허접하고 아름다운, 쓰라리고 눈물겨운 이 풍진세상의 어휘려니 생각한다. 바람이니 무명이고, 무명이니 바람이다. 무명=풍이다.

그래, 이야기가 막판에 딴 데로 새겠지만, 작금 길 위에서 바람에 흔들리는 무량 무량한 생각의 촛불 하나하나가 연등(燃燈)이고, 전등(傳燈) 아니랴. 생각의 촛불을 쥔 이 세상 모두가 부처님이시다. 허망 속에 불을 밝히는 깨알 같은 가르침의 글씨들. 온몸으로 열심히 글씨 한 자를 써대고 있다.

죽음=무, 그것은 새로운 삶을 위한 '불타오름-불붙음'인 동시에 '불사름-불꺼짐'이다. 더러움을 일갈하며, 지금의 저 너머, 다른 곳을 쳐다보는 연습이다. 허망인 이곳에서, 다시 이곳이 바로 진실의 자리(실상)임을 생각하는 일이다.

나는 누구인가

경북매일신문 인터뷰

나무처럼 땅과 상생 공존하는 삶을 살아가야 한다
자유로운 영혼이고 싶은 인간 양명학자 최재목

길은 처음부터 길이 아니었다. 사람이 다녀서 길이 만들어진 것이다. 모든 것은 사람이 만들어 가야 한다. 여기서 개체적 생명, 인간의 자유 의지가 가능해지고 자유로운 인간이 탄생하게 된다. 양명학의 정신이다.

'세상의 모든 이치는 이미 정해져 있고 인간은 그 속에서 움직여야 한다'는 주자학에 반기를 들고 태어난 것이 양명학이다. 양명학자 최재목 영남대 철학과 교수는 동양철학을 연구하면서도 저술활동과 시, 그림, 기고, 강연 등 활동에 영역이 따로 없다. 니코스 카잔차키스의 그리이스인 조르바가 환생한 듯, 그의 생도 자유로운 인간을 추구하며 전위적이며 분방하다. 인간의 삶은 지구를 떠나 존재할 수 없으니 나무처럼 땅에 기대어 우주와 교감해야 한다는 식물성 사유를 주창한다.

일찍 대학교수가 됐고 평생 직업이 됐으니 꽃길을 걸어온 것 같다. 그런데 글은 도발적이고 반시대적 불평과 '시니컬'하면서 패러독스로 무장한 듯 농담조에 때로는 낙천적이어서 종잡을 수가 없다.

내가 삐딱하고 허접해 보이는 것은 유아기 모성결핍에서 비롯됐을 것이다. 어릴 적 어머니가 쓴 일기를 보니 젖이 나오지 않았던 모양이더라. 그래서 모성이 결핍됐을 것이고 자연인으로서 스스로 결핍된 존재라고 생각한다. 그것이 지금까지 이어지고 있을 것이다.

91년 29살의 나이로 교수(전임강사)가 됐고 40살도 전에 교수가 됐다. 그러니 자연 '안티'가 많아졌을 것이라고 생각한다. 또 유림의 본산이기도 한 영남에서 이단으로 치부되는 양명학을 전공한 것도 이유가 될 것 같다. 조선은 주자학의 나라였고 양명학은 정통 주자학에 반하는 '마이너'였다.

30여 년 동안 교직에 있으면서 많은 작업을 했다. 지금 하고 있는 강의나 저작활동은 어떤게 있나.

명품강의 반열에 오른 스무살의 인문학을 비롯, 인간관계와 철학, 노자와 인문학 등 6개 강좌에 17시간 강의가 있고 대학원 수업과 외부강의, 교수신문과 다수 일간지 정기 및 비정기 기고와 칼럼, 방송 출연 등으로 일과가 짜여졌다. 그런 중에도 시작과 그림을 그리고 주말이면 농장에서 땀 흘리는 농부의 삶을 살아가고 있다. 내 키만큼 책을 쓰겠다고 작정했더니 고려대 김언종 교수가 나를 '등신(等身) 교수'라고 했다. 뜻을 풀어보니 불쾌해 할 수도 없었다. 쓰다가 죽는다는 말이 맞을 것 같다.

교수신문에 연거푸 올해의 사자성어에 선정되는 실력을 발휘했다.

양식있는 시민으로서 정치권에, 사회에 쓴소리를 한 것이 먹혀든 것이다. 박근혜 대통령의 탄핵 이후인 2017년엔 파사현정(破邪顯正)을, 문재인 정권의 2019년 한 몸에 두 개의 머리를 가진 공동운명체 공명지조(共命之鳥)를, 조국 사건이 불거진 뒤인 2020년에는 내로남불을 지적하는 아시타비(我是他非), 지난해에는 고양이가 잡아야 할 쥐와 같이 살아간다는 묘서동처(猫鼠同處)를 이야기했다. 모두 그 시대를 관통하는 정신을 지식인의 눈으로 본 것이라고 생각한다.

세상에서는 최 교수를 진보나 좌파로 분류하기도 한다. 동의하나.

나는 세상과 타협하지 않았다. 나는 누구에게 잘 보이려 한 적 없다. 나대로 살았고 앞으로도 그렇게 살 것이다. 어정쩡하게 살아왔다는 표현이 더 적확할 것이다. 이념적으로도 중도에서 좌 쪽에 가깝다고 생각한다. 그렇다고 좌도 아니다. 내 양심대로, 교수의 양식대로 살아왔다. 나게 이념과 친소관계는 다르게 작용한다. 태극기 부대를 포용할 수 있는 것은 인간을 미워하지 않는다는 인문학의 포용력이다. 마찬가지로 시인 서정주의 친일과 그의 작품은 다르게 평가해야 한다고 주장한다.

추락ⓒ원춘호

그래서 불이익을 당하거나 불편했던 적은 없었나.

박노자 오슬로대 교수를 초청해서 특강을 하고 난 뒤 국정원에서 찾아와 "박근혜 대통령 시대를 어떻게 비판할 수가 있나" 하고 추궁조로 물었다. 나는 "대학은 좌도 우도 없고 독도를 지키는 데는 진보도 보수도 없다. 더구나 독도를 지키는 데는 저런 분이 필요하다"고 되레 꾸짖었다. 5공 6공 시대도 아닌 지금 어떻게 국정원이 대학 강의를 트집 잡는지 불쾌했다. 아마 박정희 전 대통령을 창씨개명한 일본 이름으로 불러가면서 강의한 것 때문이라 생각한다.

한번은 찢어진 청바지를 입고 총장실에 갔더니 당시 총장님이 "교수가 복장이 그게 뭐냐?"고 하더라. 마침 함께 간 카이스트의 뇌 과학자 김대식 교수가 반바지를 입고 있어서 위기를 모면하기도 했다.

최 교수가 연구하는 양명학은 어떤 학문인가.
16세기 중국 명나라의 왕양명이 제창했던 학문이다. 당시로서는 보편적 주류였던 주자학에 반기를 들고 자기의 독창적 사상을 펼쳤던 것이 양명학이다. 주자학은 '세상의 모든 이치는 이미 있다. 불변하는 이치가 모든 사물의 근저에 있다'고 했다. 이런 이치[理]의 선험성에 대해 왕양명은 '그런 것은 없다. 결국 사람이 만들어 내는 것이다'라며 반론을 폈다.

모든 이치란 사람이 만든 것이고 사람이 만들어 가면 그것이 이치가 된다는 주장이다. 심즉리(心卽理)라는 것이다. 예를 들면 '길이 원래 있었던 것이 아니고, 내가 걸어가면 길이 된다. 잘못되면 바꾸면 된다' 이런 식의 이야기다.

그러면서 영남퇴계학연구소장을 맡고 있다. 아이러니 아닌가.
역설적이기도 하다. 영남이 그만큼 개방됐다는 이야기도 될 것이다.

철학자로서 시를 쓰고 그림도 그린다. 일찍이 등단했고 시집도 여러 권 냈다.
철학은 추론하고 논리적이지만 철학으로서 해결할 수 없는 문제는 감성적 작업을 통해 풀어나간다. 이 작업이 시를 쓰고 그림을 그리는 것이다. 작곡가 구스타프 말러가 '나는 소외된 존재다'고 했던 것처럼 말이다. 영혼의 결핍, 소외감 같은 것을 해소하는 창구라고나 할까. 그렇다고 나는 이념적으로 좌도 우도 아니다. 나는 특정 이념이나 논리나 이슈 같은 것에는 동조하지 않는다.

어릴 때부터 시를 쓰고 소설도 썼다. 중고교 이후 집중적으로 시를 썼고 그것이 지금까지 이어지고 있다. 아마 철학을 하지 않았다면 시인이 되었을 수도 있었을 것이다. 그러니까 시인이었다가 철학자가 됐다는 말이 맞는다. 지금은 철학에 더 신경을 쓰고 시가 소외된 느낌이 들기도 하지만 철학의 문제나 내용에서 보면 시적 표현이 많이 있다. 결국 내 내면에는 시와 철학이 동거하며 상생적으로 작업을 일궈나가고 있는 것 아닌가 생각한다.

인문학의 위기라고 한다. 인문학자로서 어떻게 해석하고 또 해결책은 무엇이라고 생각하나.

지금까지 인문학이 위기 아니었던 적은 없었다. 그런데 엄밀히 말하면 인문학의 위기가 아니라 '인문학자의 위기'이며 '인문학적 방법론의 위기'라 할 수 있다. 인문학을 다루는 주체인 인문학자가 시대를 캐치해내고 선도해가기 위해서는 늘 깨어있어야 한다. 시대를 성찰하고 반성하며 부단히 노력해야 한다. 지금 인문학자들의 사고는 너무 분화됐고 오로지 자기 영역에만 몰두하고 다른 영역에는 관심도 가지지 않는다. 그래서 나온 말이 융복합이다. 융복합적이란 말은 방법론적인 것인데 이마저도 분과학문의 하나로 자리 잡는 듯해 좀 못마땅하다.

인문학의 위기에 대해서는 우선 인문학자 개개인의 자각과 성찰, 노력에 기반한 창의성과 독창성이 필요하다고 생각한다. 그다음 국가와 대학 자체의 제도적 뒷받침이 지속돼야 할 것이다. 인문학을 공공적인 것으로 보고 공동선을 위해 지속시켜 나가야 한다는 뜻이다. 돈이 되거나 안 되거나 관계없이 '인간다움'을 위한 공동의 방향에서 지속되어야 한다는 말이다.

철학과 교수로서 독도연구소를 맡고 있다.

10년 이상 독도연구소장직을 맡고 있다. 일본에서 공부했고 일본어를 할 수 있고, 넓은 의미에서 동아시아 근세 근대사상을 공부하고 있기 때문이다. 원론적

독도 문제는 대한민국의 영토 문제이고 평화와 연관된 문제다. 우리 영토에 대한 정확한 학습과 교육의 문제는 인문학의 과제이기도 하다. 또 국가 간의 평화라는 것은 윤리적 철학적 문제이기도 하다.

독도에는 역사적 국제법적 외교적 정치적 등의 문제가 맞물려 있어 좀 복잡하다. 역사 속에 이루어진 문제이기 때문에 다루어야 할 고문서 등 자료들이 많다. 거기에다 섬으로서 자연 생태 지질학적 해양적인 문제도 껴안고 있다. 우리나라는 삼면이 바다라서 대륙과 해양 두 방면에서 접해야 할 문화적 외교적 문제를 늘 안고 있다.

앞으로 인문학은 어떻게 진전될 것으로 보나. 또 최 교수는 앞으로 어떻게 공부할 것인가.

나무를 좋아하고 식물성 사유에 대해 구상중이다. 대지의 철학, 지구의 철학으로 식물성 사고에 대해 천착할 예정이다. 이미 동양의 철학 사상에는 이런 요소들이 풍부하다. 식물은 있는 그대로를 보여준다. 우주와 교감하는 것이다. 우리의 삶은 지구를 떠날 수 없다. 나무처럼 대지의 정치를 해야 한다. 지구와 대지를 새롭게 바라보고 상생 공존하는 방향을 생각해야 한다. 그 속에서 인간의 위치와 의미를 묻는 것이 인문학의 큰 흐름이 될 것으로 본다. 자꾸 지구를, 땅을 벗어나고 배반하는 삶을 살면서 갈등이 생겨나고 고뇌와 번민이 자라는 것이다.

생명철학은 최근 타계한 김지하 시인이 주창하기도 했다.

신문사 주간으로 당시 김지하 시인과 생명 프로젝트를 함께 하기도 했다. 그가 고문으로 일그러진 몸뚱이를 부르르 떨면서 "내가 감옥에 있던 당시 너는 어디에 있었어?"라고 꾸짖던 장면이 떠오른다. 아무도 대꾸하지 못하고 고개를 떨궈야 했다. 운동권에서도 그 열매만 챙기는 세력들이 따로 있음을 일갈했던 것이다. 고인이 된 김 시인을 생각하면 그 장면부터 떠오른다.

성과 인문학 이라는 다소 엉뚱한 책을 쓰기도 했다.

엉뚱하게 보이겠지만 지금도 그 생각에는 변함없다. 한국의 성 문화는 보수적이고 경직돼 있다. 역설적으로 병리적 현상이 발생할 수밖에 없다고 생각한다. 이 땅의 진보는 진부(陳腐)가 되었다. 모두 이야기할 수 있어야 하는데 그렇게 하지 못했다. 그래서 그런 책을 구상했고 썼다. 해원상생(解冤相生)해야 한다. 마광수를 포용할 수 없는 진보와 지성은 이미 죽은 사회다. 그런 사회는 비정상의 사회이고 미투(Me too) 같은 사건이 발생할 수밖에 없었다.

새들처럼ⓒ원춘호

'나는 나대로 살았다, 어쩔래' 라는 시집을 냈다. 앞으로도 나대로 살아갈 것인지, 계획 같은 것은 있나.

나 스스로의 매력이라면 '촌스러움'이라 생각한다. 농촌에서 태어났고 농사를 지으면서 살고자 하기 때문에 지극히 당연할지도 모르겠다. 발터 벤야민처럼 세상을 두리번거리며 호기심 많게 사는 존재일 것이다. 운명에 사로잡히거나 굴복하지 않고 저돌적으로 뭘 해보려고 하는 그런 정신, 그것도 촌스러움이라 본다. 그래서 호도 돌돌(乭乭) 돌구 이런 것이다. 시냇가 어디에나 있는 돌처럼 촌스럽게 살아가는 것이 삶의 철학이기도 하다.

최재목(崔在穆)

경북 상주 출생.
대륜고, 영남대 철학과 졸업.
일본 츠쿠바대 문학석사, 문학박사(철학사상 전공). 양명학자. 시인. 저술가.
한국일본사상사학회 회장과 한국양명학회 회장,
영남대 도서관장과 신문방송사 주간 등을 역임했다.

현재 영남대 독도연구소장, 퇴계학연구원장.
하버드대와 도쿄대 베이징대 등에서 객원연구원으로,
네덜란드 라이던대에서 방문학자로, 중 절강이공대 객원교수를 지냈다.

『나는 폐차가 되고 싶다』 『해피 만다라』 등 8권의 시집과 『동아시아 양명학의 전개』 『동양철학자 유럽을 거닐다』 『톨스토이가 번역한 노자의 도덕경』 등 35권의 저서를 냈고 앞으로 출간할 도서 목록까지 작성해 뒀다.

스스로를 결핍된 존재로 규정짓고 하는 일은 허접하다면서도 늘 저지르고 주목을 받으려 노력하는 아방가르드적 자유인.

"나는 아나키스트가 되고 싶다. 모든 억압된 체제로부터 벗어나 자유와 자연과 자치를 모토로 살아가려 한다. 나는 자유를 존중하고 생명주의자이다."

'균형 잡힌
비극의 메시지'를 생각하다

아주 오래전에 썼지만, 지금도 마음속에 남은 솔직한
내 고백의 글이 있다. 「균형 잡힌 비극의 메시지」
(교수신문, 2010.08.23.)이다.

글을 마치며 이것을 약간 손보면서 거의 그대로
다시 음미해보고자 한다.

올여름엔 열대야 때문에 잠들지 못하고 두 척이다 새벽을 맞을 때가 많았다.

잠들라 하면 귓속으로 찾아들어 자신을 달리는 소리들. 끊임없이, 높은 곳에서 낮은 곳까지, 도처에서 기어 나오는 무슨 괴물 같은, 크고 작게 기습해왔다가는 홀연 사라지는 무량(無量)의 소리들.

뛰어노는 아이들 소리가 멎으면 차 소리가. 차 소리가 멎으면 고양이 우는 소리가. 고양이 우는 소리가 멎으면 개 짖는 소리가. 개 짖는 소리가 멎으면 비 듣는 소리가. 비 듣는 소리가 멎으면 벌레 소리가. 벌레 소리가 멎으면 코 고는 소리가. 코 고는 소리가 멎으면 새벽 청소차 소리가. 그 소리가 멎으면….

아, 정말 이쯤 되니 아예 양 손바닥으로 귀를 틀어막았다. 대책 없다. 정말 '고요한 새벽'이란 말을 의심할 정도다.

존재들은 이처럼 스스로를 세상 밖으로 알리며, 세상의 무량한 소리에다 귀를 대고 무언가를 부단히 만나고자 한다. 하지만 소리의 허망함에 기댄 세상은 환청일지도. 그것을 너무 진지하게 좇다 불면에 든 밤. 그런데 소리마저 없다면 두엇이, 어디에, 어떻게 있는지 알 수조차 없을 것이다. 세상과 무수한 소리를 주고받는 순간순간의 자각점이 바로 '나(我)'.

잠 안 오는 밤, 누워서 별을 헤듯, 소리를 헤아린다. 세상의 모든 소리를 하나하나 마음으로 쳐다보는 '관음'(觀音)이란 이토록 고달픈가.

그런터 가만히 듣다 보면 소리는 각기 저절로 그렇게 일어나서, 그렇게 왔다가, 그렇게 사라져간다. 하지만 그 하나하나엔 모두 무언가의 의미를 담고 있다.

따로 또 같이 #1ⓒ원춘호

절규이거나 비명이거나 환호이거나, 쓰잘 데 없는 게 없다. 무용지물의 '잡음'(雜音)은 없다. 모두 값진 메시지를 담은 생명의 '순음'(純音)이다. 강물이 강물을 만나 몸을 섞듯, 구름이 구름을 만나 제 살을 묻듯, 내가 소리를 잊고 잠드는 동안 소리는 하나의 큰 세계에 실려있으리라 믿었다.

그곳의 처마에는, 진실한 가르침은 오직 한 말씀이라는 저 '일승(一乘)의 원음(圓音)'이 걸려, 내가 잃었던 밤 동안을 쩡쩡 장광설해줬을 터다. 실제로 중요한 것들은 볼 수가 없고, 오직 조용히 들어야 할 뿐이다.

마치 보들레르가 그의 시에서 "열린 창으로 안을 보는 사람은 결코 닫힌 창으로 안을 보는 사람만큼 많은 것을 보지 못한다." (「창문들」)고 한 것 처럼,

따로 또 같이 #2ⓒ원춘호

깊은 의미는 닫혀 있는 채로 스스로를 훤히 보여주고, 입 다문 채로 쩌렁쩌렁 고함을 내지르는 것이다.

　그래서 "백의관음보살님은 말없이 설법을 하시고(白衣觀音無說說), 남순동자는 듣지 않아도 설법을 알아듣는구나(南巡童子不聞聞)."(「관음찬 觀音讚」) 와 같은 경지는 아닐지언정, 가까이 있는 것들에게 겸손하게 자주 귀를 기울이는 연습을 해야만 한다.

　세상 만물의 소리는 너무 가까이에 있어 보이지 않는 것들, 너무 멀리 있어 현생에 닿을 수 없는 것들조차 당하(當下)에 들려줄 수 있다. 그런 세상의 소리를 듣고 창의적으로 채록—번안—표현하는 데서 사람(人)의 무늬(文)는 다시 생성

된다. 관세음(觀世音)의 인문학 아닌가.

하지만 나는 지금까지 바쁘다는 핑계로 세상의 소리를 거의 다 놓쳐버렸다. 소리 시도 잃고, 음악도 잃고, 사람도 잃었다. 공사다망이 만든 비극이다.

어쩌면 삶을 잘못 산 것인지도 모른다. 평소 주위로부터 '이제 그만 일 좀 줄여라!' 는 소리를 듣지만, 그럴 적마다 나는 일 때문에 잃어버린 내 삶 주변의 수많은 가치를 잠시 애석해했을 뿐, 절실하게 뼈저리게 성찰하진 못했다.

지금 한여름 밤의 불면이 가져다준 소리에 대한 작은 체험에서, 겨우 나는 평소 보지 못했던 내 슬프고도 뼈아픈 긴 그림자를 발견했다. 아니 그 소리를 '듣고' 말았다― '휴휴휴'(休休休)!
"쉬어라, 쉬어라, 쉬어라!"

결국 내가 그동안 해 온 공부는 무엇이었던가. 그것으로 해서 나에겐 무엇이 남았던가. 삶을 고통으로 몰아가는 질곡이 된 지식 노동. 스스로 누릴 천복(天福)을 어둠 속에 처박아 두고 나는 자신을 감금해온 건 아닌지.

"비록 인생이 값을 매길 수 없는 것임에도 우리는 항상 무언가 삶보다 더 중요한 가치가 있는 것처럼 군다. 그러나 무엇이 있는가?"(『야간비행』)라는 생텍쥐페리의 말에 '묵묵묵'(默默默) 고개를 숙일 뿐이다.

공사다망 속 한 여름밤의 불면.
문득 헤아려본 무량한 소리의 환청.
그것은 내 삶의 그림자를 돌아보게 했던 '균형 잡힌 비극의 메시지'였던가.

＊＊＊

머리 숙여 감사드린다.
내 생각 속에 떠오르는 모든 것들에….

겨울 그 시간ⓒ원춘호

최재목의
인문 예술 에세이

어디에도 속하지 않을 권리

초판 발행
2026년 1월 12일

저자
최재목

발행처 Published by
하얀나무 White tree

디자인 / 제작
하얀나무 White tree

WHITE TREE
도서출판
하얀나무

전화 : 02 313-9539
팩스 : 02 313-5895
핸드폰 : 010-8926-9539
이메일 : 2013kipf@naver.com
홈페이지 : www.white-tree.kr

ISBN 979-11-92952-40-6

판매가격 15,000원